愛の不等辺三角形

漱石
小説論

Hideo Yoshimura
吉村英夫 著

大月書店

世の中にある円とか四角とか三角とかいうもので過去現在未来を通じて動かないものは甚《はなは》だ少ない。ことにそれ自身に活動力を具《そな》えて生存するものには変化消長が何処までも付け纏《まと》っている。今日の四角は明日の三角にならないとも限らないし、明日の三角がまたいつ円く崩れ出さないともいえない。

夏目漱石「現代日本の開化」

人間が自然の中に見出す安定した図形は円と三角ですが、人間関係になると、不安定になる。その理由は多分人間は夫妻、親子のような二項結合の方が安定しているので、第三の者が加わるといけないのです。

大岡昇平「小説家夏目漱石」

目次

はじめに

漱石文学の道案内というところに目標をおくものであるが、論じ尽くされた感のある漱石の小説論に、「愛の不等辺三角形」という小さな石を投じたい思いもある。

漱石の小説のほとんどは、愛の形を男女三人の関係に凝縮し、愛の本質や人の心の深奥、人間存在の意味を追究したものである。

なぜ三角関係なのかについては、漱石本人が、三角の図まで描いたメモを残している（p117、p118）。三人が「交錯シテ…無限ノ波乱ヲ生ズ」。この図とメモを本書で読み解きたい。要するに、三角のなかに人間関係のすべてが集約的に現れてくる。新聞連載小説家としての漱石は、三角形を作り出すことで、読み手を作中に誘いこめるとも考えた。手練《てだ》れの小説書きなのである。

愛の三角関係は不安定なものである。大岡昇平が言うように、男と女の愛は、「二項結合」が安定したものであろう。その二項結合が崩れて三角の関係になったとき、安定から不安定への移行のなかでさまざまなドラマが起こる。正三角形といった整然としたものではなく、不等辺三角形となり、それさえも崩れて、「無限ノ波乱ヲ生ズ」る。だが、この「波乱」を通して、愛はより高次の二項結合に向けての運動を始め、真に人間的であろうとする。試練を乗り越えた愛が、必ずしも以前の愛より強靭なものになるとは約束されないが、それが人間の人間たる所以であり、その喜び苦しみの繰り返しが人間の歴史でもある。

主要長編のあらましもわかるようにしながら、どのような「愛の不等辺三角形」なのかを読み解いていきたい。

二〇一六（平成二八）年は、漱石没後一〇〇年であり、一七年は、生誕一五〇年である。日本文学史に高く聳え立つ漱石は、『源氏物語』の昔から、もっともこの国の人々に親しまれ、実際に多くの人に読み継がれてきた。

この国は、豊かな歴史をもちつつも、同時に、漱石の時代から今にいたるまで、混迷が続き、文明的危機に直面し、どうあるべきかが問われている。本書では、トライアングルの愛の形を解き明かしながら、漱石が、この国をどのようにみて、その先に、いかなる不安と希望をみていたかも織り込んでいきたい。そのことは、自他のしあわせを願った漱石に迫り、いまなぜ漱石なのかの考察にもつながるだろう。

第一章『三四郎』

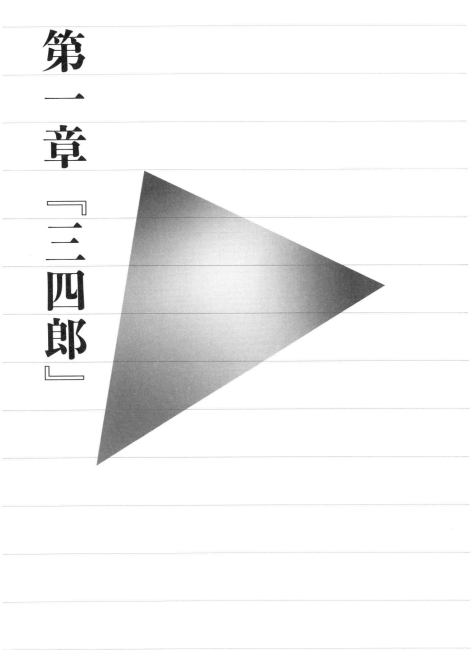

●三四郎の上京一九〇七年

（あらすじ）

大学入学のため熊本から上京した小川三四郎は、活気溢れる東京に驚く。学校がはじまり、広田、与次郎、野々宮宗八とその妹たちを知る。やがて里見美禰子《みねこ》を愛するように。美禰子は野々宮との微妙な愛の感情もあるが、三四郎の愛を受け入れてくれそうである。だが突然、別の男と結婚する。ラスト、三四郎や野々宮は展覧会で、美禰子の肖像画に見入るのだった。

『三四郎』（一九〇八年）の冒頭は快調である。巧妙な構成で、同時に刺激的な展開が用意されている。『坊っちゃん』とともに、漱石作品中、もっとも生きいきしている。

熊本の第五高等学校を卒業して、東京帝国大学（以下は帝大と表記）に入学するべく、二三歳の三四郎はいま上京の汽車に乗っている。当時の帝大入学はこのくらいの年齢が平均的である。東京まで一昼夜では無理だった。一九〇七（明治四〇）年と、まずは年代を特定しよう。朝日新聞へのふたつ目の連載小説。その連載の前年くらいを漱石は念頭に置いている。要するに連載時の「現在」だから二〇世紀初頭ということになり、当時の大学の年度開始は九月だったから、物語は夏から始まる。

うとうととして眼が覚めると女は何時《いつ》の間にか、隣の爺さんと話を始めている。この爺さんは慥《たし》かに前の前の駅から乗った田舎者である。

「女」と「田舎者の爺さん」たち。さまざまな乗客がいてにぎやかである。旅は道づれというのが生きており、知らない乗客同士が話に花を咲かせている。汽車の時代が生み出したひとつの文化であろう。半世紀後の高度成長期あたりから消えてしまった光景である。この女といつか三四郎も喋りはじめる。夫が日露戦争で中国に従軍したまま帰ってこないので子供をかかえて困っている云々。日露戦争が出てくる。漱石は、時代や社会について触れることを忘れていない。戦争に日本が勝ったのが一九〇五年だから、いま日本は意気盛んである。だが平均的庶民はむしろ戦後不況にあえいでいたのが実情のようだ。官吏は軍艦建造費などの名目で月給の一割を天引きされていたと漱石夫人は語っている（夏目鏡子『漱石の思い出』）。戦争に勝ったものの対戦国のロシアから賠償金がとれなかったから、戦争で使った膨大な軍事費返済が庶民の肩にのしかかり、生活を圧迫していた。

九州からの汽車は名古屋止まりである。ここで一泊しなければならない。汽車の女が宿泊をどうしたらよいかわからないからと、三四郎のうしろからついてくる。それが断れない三四郎である。やっと見つけた宿屋は混んでいて、相部屋にされてしまう。風呂に入ると女も入ってきて「ちいと流しましょうか」という。純情な三四郎は、あわてて湯船から飛び出した。「下女」がやってきたが布団をひとつしか敷いてくれない。これで一夜を過ごさなければならない。さて、どうしよう。三四郎は「敷いてある敷布《シート》の余っている端《はじ》を女の寝ている方へ向けてぐるぐる捲き出した。そうして蒲団の真中に白い長い仕切を拵《こしら》えた」。シーツを巻くと高さ数センチだろう、小さな垣根をつくったのだ。この光景を思い描くと滑稽な図になる。三四郎は蒲団の半分に「細長く寝た」。「女とは一言も口を利かなかった。女も壁を向いたまま…動かなかった」。女は三四郎を誘惑したり、カネをせしめようとしているわけではなさそうである。

長い夜があける。宿を出て別れるとき、女は「あなたはよっぽど度胸のない方《かた》ですね」といって、「にやりと笑った」。小説の冒頭で、三四郎が田舎者であると同時に、晩生《おくて》の気の小さい好青年であると紹介されたことになる。だけどそれなりの志を抱いて日本一の大都会へ出ていく青年の気持ちも伝わってくる。ただし彼の「度胸」のなさが、これからのラブストーリーに微妙に影を落としてくることを漱石は織り込んでいる。ともあれ漱石はみごと簡潔に冒頭をスケッチしてみせた。

名古屋からの汽車もまた田舎者には刺激的だった。髭《ひげ》を生やした四〇歳くらい、学校の教師風の男が近くに座る。男は、三四郎に東京行きの目的などを問いかけ、水蜜桃をくれて何となく話しあうことになる。やはり知らない者同士が気楽に話しあう世の中の雰囲気がある。髭男《ひげおとこ》は、日本は戦争に勝って「一等国」になったといわれるが、そんなのはダメだという。日本には自慢するものは富士山くらいしかない、だけど富士山は天然自然のものだから、どうにも仕方がない。三四郎が「これからは、段々発展するでしょう」と反論すると、すました顔で、この国は、

「亡びるね」

と言い出すしまつ。熊本でこんな発言をしたら「国賊」にされてしまうだろうと思って驚く三四郎。この「髭男」は、『三四郎』の重要登場人物であるが、それはあとになってわかる。ともあれ上京の旅ではいろんなことがあった。すべてが新鮮、そして東京に到着する。

三四郎が東京で驚いたものは沢山ある。第一電車のちんちん鳴るので驚いた。それからそのちんちん鳴る間に、非常に多くの人間が乗ったり降りたりするので驚いた。次に丸の内で驚いた。尤《もっと》も驚いたのは、どこまで行っても東京がなくならないという事であった。しかもどこをどう歩いても、材木が放り出してある。石が積んである…、凡《すべ》ての物が破壊されつつあるように見える。そうして凡ての物がまた同時に建設されつつあるように見える。大変な動き方である。

三四郎の眼を通すかたちで、二〇世紀のはじめ、明治の終わりが近い東京の街が活写されている。大都市になった東京が、古い町を「破壊」し、新しい街を「建設」していく。スクラップ・アンド・ビルドは、もうこんな時から始まっている。この漱石の文章ほど、激動する東京をみごとに描いた文学的文章は他にはないだろう。この一節だけでも小説『三四郎』が、いかに新時代を体現しているかがわかる。

●池の女

東京に着いた三四郎は、大学新学年がはじまるまでに、郷里の先輩・野々宮宗八を訪ねる。野々宮さんは、本郷にある大学で理学士として学び働いているとのことで、穴蔵のような研究室に表敬訪問をする。若くて温厚な紳士で熱心な学者である。特異な研究について三四郎に話してくれる。文科系の三四郎にはさっぱり理解できない。野々宮さんには妹よし子がいることを知る。

帰路、大学構内の池の傍を通る。なんとなく三四郎は「池の傍へ来てしゃがん」で、「ふと眼を上げる」のである。これが、ラブストーリーの序曲となる。

左手の岡の上に女が二人立っている。女のすぐ下が池で、池の向う側が高い崖の木立で、その後が派手な赤煉瓦《あかれんが》のゴシック風の建築である。そうして落ちかかった日が、凡《すべ》ての向うから横に光を透してくる。女はこの夕日に向いて立っていた。三四郎のしゃがんでいる低い陰から見ると岡の上は大変明るい。女の一人はまぼしいと見えて、団扇《うちわ》を額の所に翳《かざ》している。顔はよく分らない。けれども着物の色、帯の色は鮮かに分った。白い足袋の色も眼についた。鼻緒の色はとにかく草履を穿《は》いている事も分った。

鮮やかな描写である。岡の上で夕日に向かってたつ女。彼女がヒロイン里見美禰子《みねこ》。構図がクロード・モネの「日傘の女」に似ており、漱石が印象派モネの名も、彼の果たした絵画史での役割も知っていたのには驚くが、むろんここでは関係がない（モネの絵は逆光線である）。もうひとりの女性は付き添いの看護婦で洋装。女ふたりが動き出して池の方に降りてくる。三四郎はまだ池の傍にいる。女は団扇ではなく白い花を持っており、三四郎の方に近づいてくる。三四郎に近寄るためではなくて、そこに道があるからである。女は手に持った花の匂いを嗅ぎながら、「三四郎を一目見」る。その時、三四郎は「たしかに女の黒目の動く刹那を意識した」。女は、若い大学生の三四郎をそれなりに気にしたのである。女は三四郎の前に花を落として横を通り抜けていく。果たして故意か偶然か。三四郎は女の後ろ姿をじっと見つめる。女は頭髪に「まっ白な薔薇を一つ挿している」。三四郎は、女が捨てていった花を拾い、そして池のなかに投げ込む。そして「矛盾だ」とつぶやく。三四郎にはなぜか強烈な印象なのである。

この女性こそ三四郎の「運命の女」である。漱石は、この言葉を使ってはいないが、いわゆる「ファムファタール Femme fatale」である。フランス語だから、西洋の文学的用語としては市民権がある。メリメの小説にしてビゼーの歌劇『カルメン』の、男ドン・ホセを滅ぼしてしまうような魔性の女性が「運命の女」である。ここでは三四郎を滅ぼす悪女的女性として登場してくるのではない。だが結果的には、ウブな三四郎の「心」を翻弄する神秘性をもち、謎を秘めた、しかし魅惑的女性として現れる。謎めくがゆえにますます三四郎には忘れられない存在になっていく。正式な出会いはもうしばらく後になる。

数日後三四郎が、野々宮の妹よし子が入院している病院を訪れると、その帰りの廊下で「池の女」に出会う。「二人は一筋道の廊下のどこかで擦れ違わねばならぬ運命を以て互いに近付いて来た」。漱石自身が「運命」的な二人のこれからの行く手をすでに準備している。「ちょっと伺いますが、十五号室はどの辺になりましょうか」「野々宮さんの部屋ですか」。どんぴしゃり、三四郎の予感は当たる。礼を言って歩いて行く女の姿を三四郎は見守る。

女は角へ来た。曲がろうとする途端に振り返った。三四郎は赤面するばかりに狼狽した。女はにこりと笑って、この角ですかというような合図を顔でした。三四郎は思わず首肯《うなず》いた。

運命の女との本当の出会いは、いつ、どこになるのだろう。

大学がはじまる。最初の講義。だが出掛けると誰もいない。初日には、教師も学生も出てこない不文律があるらしい。きまじめな三四郎は、大学とはこんなものかと不思議に思う。やがて授業がはじまる。教室で最初に近づいて来たのが与次郎という男である。佐々木与次郎。漱石の長編小説の副次的人物で、もっとも個性的で生きいきしているひとりである。彼が出てくると、ぱっと明るい雰囲気が漂い、気分が和らぐ。あちこちに波風が立ち、同時に小説世界も動き出す。三四郎の同級生だが、以前から書生をしながら本郷の大学界隈で、飄々と歩き回っている男である。なんとも憎めない雰囲気をもち、三四郎に東京での学生生活のあり方を指南する。学校のこと、世渡りのこと、その他もろもろ。「電車に乗るがいい」といって、路面電車で東京中をまわるのをすすめる。たしかに東京のことが少しずつわかるような気がする。料理屋で酒を飲むことも教えてくれる。ちゃっかりと三四郎から借金までしていくが、とがめ立てなどする気持ちを起こさせない不思議な男であり、いつか親しくなっている。さらに驚いたのは、与次郎が、三四郎が汽車のなかで会った「髭男」の門下生であり、彼の家の書生をしている事実だった。名前は広田。なにものにも物おじしない与次郎も広田先生だけはひそかに師と仰いでいる。独身者の広田の身の回りの世話も含めて一軒家に住んで、与次郎が広田の面倒をみている。

その与次郎から、広田先生が次の借家に引っ越すから、手伝うように頼まれる。三四郎には何か予感があったのだろうか、手伝うことを了解する。当日、引っ越す家に行ってみると、与次郎はまだ来ていない。誰も来ていないではないか。と、そこに現れたのは、「池の女」「病院の女」である。野々宮よし子の友であることを三四郎はもう察している。やっと会えた。三四郎が緊張して名のると、女は名刺を差し出す。えっ、名刺。明治時代に名刺を持ち歩く若い女！　名刺には「里見美禰子《みねこ》」とあった。ここでは、三四郎と美禰子の会話部分を中心に追ってみよう。地の文も入るが、漱石は読者の多い新聞小説であることを意識して会話文を多用している。男は三四郎、女は美禰子である。

男「あなたには御目に掛りましたな」

女「はあ。いつか病院で」
男「まだある」
女「それから池の端で…、どうも失礼致しました」
男「いいえ。…何か先生（広田）に御用なんですか」
女「私も御手伝に頼まれました」
男「砂で大変だ。着物が汚れます」
女「ええ、…掃除はもうなすったんですか」
男「まだ遣《や》らんです」
女「御手伝をして、一所に始めましょうか。…ちょっと来て下さい」
男「何ですか」…
薄暗い所で美禰子の顔と三四郎の顔が一尺ばかり（約三〇cm）の距離に来た。…
女「何だか暗くって分らないの」
男「何故」
女「何故でも」
…三四郎はだまって、美禰子の方へ近寄った。もう少しで美禰子の手に自分の手が触れる所で、馬尻《バケツ》に蹴爪《けつま》ずいた。大きな音がする。漸《よう》やくの事で戸を一枚明けると、強い日がまともに射し混んだ。眩《まぶ》しい位である。二人は顔を見合せて思わず笑い出した。…美禰子は例の如く掃き出した。三四郎は四つ這《よばい》になって、後から拭き出した。美禰子は箒を両手で持ったまま、三四郎の姿を見て、「まあ」といった。やがて、箒を畳の上へ抛《な》げ出して、裏の窓の所へ行って、立ったまま外面《そと》を眺めている。そのうち三四郎も拭き終った。濡れ雑巾を馬尻の中へぼちゃんと擲《たた》き込んで、美禰子の傍へ来て並んだ。

男「何を見ているんです」
女「中《あ》てて御覧なさい」
男「鶏《とり》ですか」
女「いいえ」
男「あの大きな木ですか」
女「いいえ」
男「じゃ何を見ているんです。僕には分らない」
女「私先刻《さっき》からあの白い雲を見ておりますの」

なるほど白い雲が大きな空を渡っている。空は限りなく晴れて、どこまでも青く澄んでいる上を、綿の光ったような濃い雲がしきりに飛んで行く。風の力が烈しいと見えて、雲の端が吹き散らされると、青い地が透いて見えるほどに薄くなる。（傍線は筆者）

この会話中心の文体は、明治の言文一致体のほとんど完成に近いものにまで達している。二葉亭四迷の『浮雲』（一八八七年）は、これほどこなれてはいない。島崎藤村『破戒』（一九〇六年）の会話文などはなめらかで、『三四郎』以前だが、漱石と較べて遜色はない。だとしても、漱石文体の完成度は、一〇〇年以上を過ぎた現代とさして変わらない。漱石はこの国における近代散文の完成者にして達成者だと言ってよいのだろう。漱石会話文のさらなる完成は『門』あたりになると考えたい。

この生きいきした会話から明治の青春とでもいえるものが彷彿としてくる。二人の気持ちが次第に通じ合っていく様子もうかがえる。三四郎には愛の自覚があり、美禰子も「池の傍」ですでに三四郎を意識していたことがわかっている。やはり「運命の女」なのである。美禰子には、なんとなく弟分的な好印象の青年に見えてくる様子が読みとれる。それにしても二人の顔と顔が三〇センチのところまで近づくのである。このことは二〇世紀の初頭ということを考えたとき、どういうことを意味するのだろう。さらには手と手が触れるほどになるが、それ以上にはならない。まだ名のりあったばかりである。あるいは美禰子は、ある種の誘いを男にかけているのだろうが、それを感じているのかいないのか、三四郎の晩生《おくて》ぶりもそれとなく描かれている。美禰子は一貫してコケティッシュな（男の気をひく）女性として登場してきて、だからこそ精彩を放つ。美禰子だが初めてのまともな会話だから、美禰子は、さすがにそれ以上の誘惑者としての様相をあらわすことはない。美禰子は上流層の令嬢である。英語にも堪能なことがやがてわかってくるが、これまた時代を遥かに超えている。三四郎の心がときめき、もう美禰子を忘れられない存在として心に刻みこんでしまう。ともあれ一つの愛のシーンと考えてよかろう。『三四郎』は、このあたりから恋愛小説としての趣をはっきりさせてくる。

●「新しい女」とイプセン

多少中心からはずれたい。美禰子が、明治の女性ながら「名刺」を所持しているという飛びきりの「新しい女」ぶりを見せるので、漱石がなぜ、そのような女性を登場させたのかを明らかにしておきたいのである。

美禰子のモデルを詮索すると、平塚らいてう（一八八六〜一九七一）がその一人として浮かびあがる。数年後、一九一一年の「青鞜」創刊号に、「原始、女性は太陽であった」と女性解放宣言を行うあの女性である。なぜ漱石がらいてうとかかわるのかと思ってしまう。二〇一五年度下半期のＮＨＫテレビ小説『あさが来た』で、日本女子大学創設のエピソードのなかに、後に「平塚らいてう」になる若い女性が出て来た。平塚は日本女子大学（旧制女子専門学校）の卒業生である。彼女は卒業後の一九〇八年、帝大出身の森田草平（一八八一〜一九四九）と幼稚な心中未遂事件、いわゆる「煤煙事件」を起こして世間を驚かせた。その平塚らいてうと漱石には接点がある。心中事件を起こした森田草平が漱石の愛弟子だったからである。『漱石研究年表』の一九〇八年四月一〇日の項に「漱石は、事件後引きとって、森田草平の面倒をみていた」とある。

有名なスキャンダルに、火消し役のような形でだが少しだけ漱石はかかわっていた。事情は深いところまで知っていた。後に、漱石は森田に体験を小説化するようにすすめ、最終的には森田は漱石の世話で、平塚との心中未遂事件を『煤煙』と題して書き、朝日新聞に掲載、大きな反響を呼ぶ。漱石にはジャーナリスティックな才覚がある。そんなこんなで、漱石は、平塚家に手紙を書いたりし、彼女の家族とも会っている。漱石夫人は「御母堂が再々家へいらしたようで」と言っている。当時の上流家庭の若い娘の言動を、会うことはなかったが見聞したのである。

漱石自身は「談話」（『全集』第一六巻）で、らいてうとの心中行を書いている森田草平にならって、自分は「無意識なる偽善者＝アンコンシャス・ヒポクリット」を書いてみたいと言っている。どういうものかというと「ほとんど無意識に天性の発露のままで男を擒《とりこ》にする」女性のことである。平塚らいてうが「無意識なる偽善者」の具体例として漱石の念頭にあり、それが美禰子に具現されていると理解すれば、美禰子の少し妖しげな思考や判断がかなり納得できる。

『三四郎』は、森田＝平塚の事件の数ヶ月後、すなわち一九〇八年九月から朝日新聞に連載される。ドンピシャリ、美禰子とらいてうは重なる。三好行雄は「作品の世界には、つねに手ぶらで入ってゆくのが望ましい」（『鷗外と漱石　明治のエートス』）と言ってモデル捜しに深入りすることを戒めているのを承知のうえで、やはり、モデル考は必要だとしたい。美禰子の人物造形はらいてうと無縁ではありえないし、そのようにして『三四郎』を読むと、美禰子の存在感はいっそう明確になる。漱石の進取性や新聞人であることを『三四郎』から見とることもできるというものである。

さらに、『三四郎』では、戯曲『人形の家』のイプセンのことがしっかりと論じられている。やはり「新しい女」とかかわってである。与次郎が里見美禰子をイプセン劇の女性に似ているとして次のように三四郎に語る。

「イプセンの人物に似ているのは里見の御嬢さんばかりじゃない。今の一般の女性はみんな似ている。女性ばかりじゃない。苟《いやし》くも新しい空気に触れた男はみんなイプセンの人物に似た所がある。ただ男も女もイプセンのように自由行動を取らないだけだ。腹のなかでは大抵かぶれている」

そも、イプセンとは。ヘンリック・イプセン（一八二八〜一九〇六）に触れておこう。ノルウェーの国民的な劇作家。「『人形の家』（一八七九年）…などの力強い社会劇を…発表する頃には、全ヨーロッパをその一作ごとに震撼させた。彼は徹底的に社会の因習と虚偽をあばき、初めは民衆のために、しいたげられた立場にあった女性のために戦う態度を示した、…日本への影響を及ぼした外国作家としては最大の一人で、明治中頃から…森鷗外、島村抱月などによって紹介され、新劇の創成と勃興や、広く自然主義文学の原動力となったのをはじめ、女性解放の問題にも著しい役割を演じた」（『新潮世界文学小辞典』）

大評判になった島村抱月訳、松井須磨子主演『人形の家』の上演は、『三四郎』より後年である。『三四郎』は一九〇八年で、須磨子が「新しい女」ノラを演じたのは一九一一年である。だが漱石はイプセンを英訳でしっかり読んでおり、イプセンを高く評価し、機会があるごとにイプセンについてふれている。「イプセンはすごい」「イプセンは一種の哲学者である。…社会制度についての上の哲学者、…夫婦の関係とか、個人の自由はこの点まで行かなければならぬとか、約束的道徳は打破してよいとかいうについて、考えを持っている」としたうえで、むしろ「社会の改革者としての主張を貫徹するために、彼の作物の文学的の効果を減ずる事をあえてしているといってもよろしい」などと書いている（『全集』第一六巻「雑話」）。社会性と文学性とが、必ずしも相乗効果をもたらさなかったのではという漱石の見解は鋭い。

『三四郎』には『人形の家』の作品名はでてこないが、ノラの女性自立宣言を漱石が知っていたことが確実どころか、明らかに共鳴しているのを読みとることができる。「妻であるよりも何よりも、あなたと同じように、私は人間なのです。人形ではないのです云々」はノラの人間宣言、女性自立宣言としてあまりにも有名である。その意味では漱石のイプセン受容は、日本人としては極めて早いし、正確でもある。しかし、『三四郎』を書いている時期と重なってイプセンに触れての発言があるからといって、イプセンと、新しい女と、美禰子を、短絡的につなげてはいけないのも確かである。

またついでながらであるが、二〇一六年度上半期のNHKテレビ小説『とと姉ちゃん』にも『人形の家』のノラの台詞が紹介されていたことをつけ加えておこう。『青鞜』のことも出てきて、創刊号の長沼智恵子（後の高村光太郎の妻）の表紙絵まで映され、ヒロインが平塚らいてうの

『青鞜』に影響を受けるのである。

広田の引っ越しの主導者は与次郎であり、三人が荷物の整理をするが、そこでも「美禰子は三四郎の肩をちょっと突っ付いた」り、「三四郎と美禰子は顔を見合せて笑った」り、二人で画帳を見ながら三四郎は「美禰子の髪《あたま》で香水の匂」を嗅いだりする。さらに広田先生も交えての四人の雑談となり、そこで与次郎が〝Pity's akin to love〟を「可哀相《かわいそう》だた惚《とは》れたって事よ」と即興訳をしたりする有名な場面となる。広田先生は冷ややかな反応をするが、そこに後から現れた野々宮さんが「なるほど旨《うま》い訳だ」と評する。この与次郎訳はむろん漱石の遊び心の名訳であるには違いないが、爾来《じらい》、人口《じんこう》に膾炙《かいしゃ》することになり、現代にもこの訳語は、その内容の真実性とともに生きている。すばらしいセンスである。

引っ越しの家に野々宮が現れると、美禰子はお茶の用意をして差し出したりして甲斐甲斐しい。いつか「三四郎は野々宮君の態度と視線とを注意せずには居られな」くなってしまう。野々宮＝美禰子＝三四郎に、あるいは三角形の心の動きがあるかもと思うと、またたく間に緊張する三四郎である。有るか無きかの程度であるが、ジェラシーが生まれてきている。野々宮は、美禰子の家に妹のよし子を下宿させて面倒をみてほしいなどと頼んでいる。

広田門下のみんなが集まったこの席で、団子坂で開催されている菊人形にみんなで行こうとの約束ができる。当時の本郷区団子坂での菊人形展は明治期の名物で、よく賑わったという。むろん「菊」の季節のみだから、現代の「桜見物」の風情であろう。さて引っ越し仕事も一段落ついた。

「どれ僕も失礼しようか」と野々宮さんが腰を上げる。

「あらもう御帰り。随分ね」と美禰子がいう。…

野々宮さんが庭から出て行った。その影が折戸の外へ隠れると、美禰子は急に思い出したように「そうそう」といいながら、庭先に脱いであった下駄を穿《は》いて、野々宮の後を追掛《おいかけ》た。表で何か話している。三四郎は黙って座っていた。（傍線は筆者）

憮然として座し、野々宮と美禰子が何を話しているかを気にしている三四郎の心理を漱石は叙述しない。先にみた三四郎と美禰子の会話においても同じであり、読者は美禰子の行動から、行間に美禰子の心を読まねばならない。「三四郎は黙って座っていた」という表現から、いかようにも想像の翼を広げられるが、そのあたりの的を外すと漱石文学をしっかりと理解出来ないことになる。そのことが逆に、玉虫色の解釈を許すことになって、小説に奥行きをつくることになったりもするが。

余分をもうひとつ。菊人形を見にゆこうとの話がまとまったとき、与次郎だけが「菊人形は御免だ。菊人形を見る位なら活動写真を見に行きます」と不参加を表明する。ここで与次郎が「活動写真＝映画」を引き合いに出しているのには注目しておこう。漱石は『硝子戸の中』で「先刻《さっき》まで庭で護謨《ゴム》風船を揚げて騒いでいた小供たちは、みんな連れ立って活動写真へ行ってしまった」と記しているし、ときには子供をつれて自分も活動写真館に出かけるとも言っている。九歳の娘が、徳冨蘆花『不如帰』（一九〇九年一月）の活動写真を見て泣いたと知って驚いてもいる（一九〇九年七月四日の日記）。みずからは活動写真はあまり好きではなかったようだが（「中味と形式」）、映画への偏見はなかった。むしろ草創期の映画についてたびたび言及していることに漱石の文化、文明、芸術、技術などへの関心の強さを知るべきだろう。

●迷える羊

広田、野々宮、よし子、美禰子と三四郎が、約束通りに連れ立って団子坂の菊人形展を見に行く。三四郎は、いまや熊本時代の自分ではなくなり、東京生活が「ずっと意味の深いものになりつつある」と感じている。それは同時に美禰子への思いが深くなり、他方では美禰子と野々宮の関係が気になるということでもある。恋する三四郎。菊人形は当時の評判年中行事で、多くの人出で混雑を極める。離れ離れになりそうななか、美禰子は野々宮を注視するが、彼は広田先生との話に余念がない。三四郎が見るところ、美禰子は「物憂そう」で、瞼が「不可思議なある意味」を持ち、「苦痛に近き訴えがある」ように思える。

美禰子が突然三四郎に言う。「もう出ましょう」「どうかしましたか」「私心持ちが悪くって…どこか静かな所はないでしょうか」。あきらかに美禰子の、二人だけになりたいとの誘いなのだが、三四郎は、そのことに気づかない。美禰子は歩きだし、三四郎がうしろからついていく。二人は菊人形の雑踏から抜け出す。いつか小川に沿って歩き、誰もいない川べりの草の上に座る。美禰子は「大分よくなりました」という。二人の間は四尺（一二〇㎝）ほど離れている。三四郎は残った三人が探しているだろうから心配だと言う。美禰子が「なに大丈夫よ。大きな迷子ですもの」と応える。二人だけになった美禰子は、「迷える子《ストレイシープ》」と言う。

「迷える子《ストレイシープ》」と美禰子は繰り返す。この言葉は、この小説のキーワードである。シープはsheep＝羊であり、「迷羊」。美禰子はみずからが「迷える子《ストレイシープ》」であり「迷羊」であるとしているし、同時に三四郎もまた同じく「迷える子」であると同意を求めている。野々宮も気になるが、美禰子には三四郎への思いが確実に育ってきている。だが野々宮も三四郎も、とりわけ野々宮には、美禰子がいわばジャブを打って仕掛けても反応してこない。そのことに美禰子はいらだっている。美禰子自身にも、三四郎という新参者との出会いがあって迷いがある。三四郎は、美禰子の思いを正確に把握できない。進むべきか、退くべきか。いや、美禰子が「迷える子」なら、間違いなくみずからも「迷羊《ストレイシープ》」であるに違いない。

二人は川のほとりから帰ろうとする。ぬかるみがある。三四郎は渡ったが美禰子は渡れない。渡ろうとするがうまくいかない。むろん和装である。

力が余って、腰が浮いた。のめりそうに胸が前へ出る。その勢で美禰子の両手が三四郎の両腕の上へ落ちた。「迷える子《ストレイシープ》」と美禰子が口の内で云った。三四郎はその呼吸《いき》を感ずる事が出来た。

そこで第五章は突然に終わる。たぶん三四郎は、その時、汽車の女が言った「あなたはよっぽど度胸のない方ですね」を耳の奥に聞いていたに違いない。臆病な三四郎は美禰子を抱き締めることができないのである。

後日、三四郎に絵葉書が送られてくる。小川のほとりに二匹の羊がいるのが描かれている。宛名の下に、「迷える子」と書いてある。三四郎は、美禰子ともども自分も迷える子に見立てられているのがなぜかうれしい。なぜうれしいのか、読者には理解しにくい。三四郎の心のピントが少しずれているのかも。とはいえ美禰子の気持ちはどのあたりにあるのかは気になる。いったい「惚れられているんだか、馬鹿にされているんだか、怖がっていいんだか、蔑んでいいんだか、廃《よ》すべきだか、続けべきだか訳の分からない」。まるでハムレット。さらに思う。「自分は美禰子に苦しんでいる。美禰子の傍に野々宮さんを置くとなお苦しんで来る」。同時に三四郎は、自分の感受性が鈍いのではないかと自分を疑っている。美禰子は、三四郎にいろいろなサインを送ってきている。だが、どう解釈して、何をなすべきか。いずれにしろ三四郎は「最後の判決を自分に与え」る時期に来ていることを意識する。

●「森の女」

広田先生の友人原口画伯が、美禰子の肖像画を描くことになった。それが「団扇《うちわ》を翳《かざ》して、木立を後に、明るい方を向いている所を等身《ライフサイズ》に写して見」るの図だと言い、その場所やポーズは、ほかならぬ美禰子自身の希望だという。「団扇」「木立」「明るい方を向いている」等々、すべて三四郎と美禰子の出会いの時の光景から美禰子は注文を出している。三四郎は、それがよい方向へ向かう前兆のような気がして「感動」する。

与次郎が美禰子から三〇円のカネを借りることになるが、美禰子はその受け取り使者を三四郎にせよと指定してきたという。与次郎は、野々宮さんなら美禰子のハズバンドになれると思ってはいるものの、他方では、三四郎が美禰子を愛していると判断しているので、三四郎が美禰子に会えるよい機会をつくってやったと勝手に恩を売っている様子である。三四郎も、美禰子が自分に会うための配慮をしてくれたのだと想像する。少しうれしくなって美禰子のもとへおもむく。カネを借りてのあと、美禰子は三四郎を原口画伯たちの展覧会にいざなう。

「里見さん」。出し抜に誰か大きな声で呼だ者がある。美禰子も三四郎も等しく顔を向け直した。事務室と書いた入口を一間ばかり離れて、原口さんが立っている。原口さんの後に、少し重なり合って、野々宮さんが立っている。美禰子は呼ばれた原口よりは、原口より遠くの野々宮を見た。見るや否や、二三歩後戻りをして三四郎の傍へ来た。人に目立たぬ位に、自分の口を三四郎の耳へ近寄せた。そうして何か私語《ささや》いた。三四郎には何をいったのか、少しも分からない。聞き直そうとするうちに、美禰子は二人の方へ引き返して行った。もう挨拶をしている。野々宮は三四郎に向って、「妙な連れと来ましたね」といった。三四郎が何か答えようとするうちに、美禰子が、「似合《にあ》うでしょう」といった。野々宮さんは何ともいわなかった。（傍線は筆者）

美禰子が野々宮の気をひこうとして三四郎の耳元までわざと口を近づけ、三四郎と親しいことを見せつけた。いや、そうではないかもしれない。やはり美禰子は三四郎への気持ちを示したとも受け取れる。「野々宮さんを愚弄したのですか」。「あなたを愚弄したんじゃないのよ」。堂々めぐりは続く。いずれにしても美禰子のコケティッシュな感じは目立つ。こびを売るのと紙一重である。三四郎は派手な美禰子の仕草の意味が理解できないものの、気持ちはさらに美禰子に近づいていくのである。

与次郎の借金三〇円が美禰子に返済される見込みはないと考えた三四郎は、熊本の母親から送ってもらい、それを美禰子に届けるべく出かける。人のよすぎる三四郎である。三〇円あると、熊本の田舎では「四人の家族が半年食っていける」とある。三四郎のお坊ちゃんぶりがわかる。『三四郎』の登場人物たちはみんな上層に近いのである。漱石は『門』を除いて、「上層」ないしはそれに近い階層を描き続けた作家である。上層を描きつつ、しかしその階層に付着しているマイナス面も描き出す。いま三四郎と美禰子は、美禰子がモデルになっている原口のアトリエに向かっているが、カネを美禰子は受け取らない。三四郎も本当の目的は「あなたに会いに行ったんです」と訴える。まさしく愛の告白である。思いを口にしても美禰子はそっけない。そこへ「背のすらりと高い細面の立派」で「金縁の眼鏡を掛けて、色艶の好い男」が美禰子を迎えに来る。そして美禰子を馬車に乗せて三四郎の前から去っていった。またたく間のこと、美禰子の前に新しい男が現れたのである。馬車に自由に乗れる立派な男、これはまさに上層である。

風邪を引いた三四郎の見舞いに来たよし子から、美禰子の結婚が決まったことを聞く。どうも先日の「金縁の眼鏡を掛け」た男で美禰子の兄の友人であるらしい。病の癒えた三四郎は、三〇円を返済すべく美禰子が礼拝に通っている教会へ訪ねる。「結婚なさるそうですね」。

女はややしばらく三四郎を眺めた後、聞兼《ききかね》るほどの溜息《ためいき》をかすかに漏らした。やがて細い手を濃い眉の上に加えていった。

「われは我が咎《とが》を知る。我が罪は常に我が前にあり」

聞き取れない位な声であった。それを三四郎は明らかに聞き取った。三四郎と美禰子はかようにして分れた。

美禰子はクリスチャンであり、それはこの時代では、「新しい女」ということでもあるが、旧約聖書の言葉を引いて、三四郎にみずからの結婚の決意を弁解釈明したのである。ここには、美禰子自身が、三四郎を愛しつつも、それを成就させる決断をできなかったことを、早くも悔いる気持ちが含まれている。でなければ、自分の気持ちを「咎《とが》」と言い表すことはできないはずである。

「咎《とが》」とは、「あやまち」であり、「罪」であり、「非難される行為」である。「広辞苑」には「責任を負うべき過失・あやまち」とも記されている。美禰子は、明確に「責任を負うべきあやまち」との罪の意識をもっている。結婚する以前の段階、すなわち自分の兄の友人である「金縁の眼鏡」の上層階級の男と、性的関係を持つ以前にすでに罪の意識を持っているのを意味しよう。「咎＝罪」があるなら、その「罰」はどうなるのか。

●愛の不等辺三角形

『三四郎』から漱石生涯の豊饒な小説世界が真のスタートをする。愛の三角関係が、明確にストーリーの中心にすえられる。その基点が設定された。

キリスト教とはかなり距離をおいていたと考えられる漱石でもあり、この聖書の言葉ひとつだけから、漱石の愛の物語作家としての今後を推測するのは難しい。漱石自身の三角関係に対する見解は後述するが、それにしても、美禰子が、三四郎への「裏切り」を「咎＝罪」と意識しているのは重要である。漱石の愛の物語は、以後、「三角」の形をとりながら、それが「正三角形」

「不等辺三角形」であるよりも、一辺の長短、太さや厚みを時々に変えながら、「不等辺三角形」として綴られていくことになる。性愛をともなったものになれば、「正三角形」といった整然としたものは成立のしようがないどろどろしたものになるのは必然である。だが三角関係という愛の形はやはりありうるだろう。そのことで愛とは何か、さらには「嫉妬」とか「自我」、そして究極的には、人間存在の何たるかを漱石は追究していくことになる。三四郎や美禰子だけでなく、「迷える子＝迷羊＝ストレイシープ」としての人間存在のあやふやさや、その意味が探られていく。

さて、終章（第一三章）。短いエピローグ風のものであり、文庫版で三ページ弱にすぎない。美禰子を描いた展覧会場に、登場人物が、よし子を除いて時間差はあるのだが、全員集まってくる。美禰子は結婚式を終えて、夫とともに会場の中心に展示された大作「森の女」を早々と見にきた。夫は新妻を横にして絵の感想を述べた。「この団扇を翳《かざ》して立った姿勢が好い。さすが専門家は違いますね。よく茲所《ここ》に気が付いたものだ。光線が顔へあたる具合が旨《うま》い。陰と日向《ひなた》の段落が確然《かっきり》して、顔だけでも非常に面白い変化がある」。美禰子は、はじめて三四郎が大学の池から岡に立つ自分を見たときの、装束と持ち物と姿勢を堅持してモデルになった。三四郎への別れの決意であり、三四郎との愛の追憶であり、それにもまして、青春の一つの終わりをみずからに言い聞かせたものであろう。美禰子の夫の感想は、美禰子の思いからはほど遠い。美禰子は、野々宮や三四郎との肉体の関係はないが、思いは残している。夫への経済的依存への満足はあったにしても、夫に対して心の純潔があるとは思えない。ここでは夫の感想が軽薄なものにしか聞こえないという指摘だけに留めて、そのあたりの考察は、次作『それから』に待とう。

少し立ち止まる。美禰子は池の上の岡に立つ姿、三四郎が池から見た構図で原口に肖像画を描いてもらった。それは三四郎だけが独占する構図であり、その意味では三四郎と美禰子の愛の想い出である。だが、それは三四郎ひとりへの惜別の意味に限定してはいけないとの解釈が漱石研究者のなかにある。最初、三四郎が池の傍から、夕日に照らされる岡の上の美禰子を見たとき、野々宮も研究室から美禰子を追いかけてきて岡の上の彼女を見たというのである。たしかに、池の傍にいる三四郎の横を通り抜けた美禰子のあとを追いかけてきたような野々宮が三四郎を見つけて「君まだいたのですか」という。この説を取り入れるならば、事情は複雑になる。「三四郎が、森の女の構図を見た時、野々宮宗八もその背後から全く同じ構図を見ていた」（助川徳是「解釈と鑑賞」）が有効だとすると、美禰子の肖像画「森の女」はダブルミーニングというか、重層的な意味をもつことになる。トライアングルの関係の成立を明確にする。「森の女」は、美禰子に対置して三四郎だけでなく、野々宮にも意味がある。美禰子のしたたかさということになろう。だが、ここでは美禰子が三四郎にだけ思いを残して結婚していくと受けとめておきたい。

三四郎は、広田や野々宮たちと展覧会の会場に来る。三四郎には何がなんだか理解のしようがない美禰子の結婚である。野々宮とのことも美禰子はあいまいに決着をつけたことになる。野々宮も美禰子の愛の対象者であったことに間違いはないだろう。三四郎、野々宮、「金縁の眼鏡の男」と美禰子。だとすると四角形になるのだろうか。各一辺の長さ（ないしは質）は正確には計りかねるが、少なくとも美禰子にとって三四郎は、愛されながら同時に愛する間柄でもあった。だが決定的なところまでいくことはなかった。

三四郎は「大勢の後から、覗き込んだだけで」ほとんど絵を見なかった。彼の心の傷はそれだけ大きい。野々宮が「色の出し方がなかなか洒落ていますね。むしろ意気な絵だ」とまともな評しかたをしたのは、彼の内面の痛みが三四郎ほど強くなかったからかもしれない。三四郎は、与次郎に感想を求められて「森の女という題が悪い」と焦点をぼかして答えるのだった。そして、口のうちで「迷羊《ストレイシープ》、迷羊《ストレイシープ》と繰返した」。そこで『三四郎』は「了」となる。

漱石の小説は、以後、この「迷羊《ストレイシープ》」たちのその後を見続けることに絞られていく。人間の愛の物語はすべて、あるいは誰もが、『三四郎』のなかで、広田が雑談の席でつぶやくように、「露悪家」であれ、「偽善者（ヒポクリット）」であれ、さらにはまたそれがコンシャス（意識的）であれ、アンコンシャス（無意識的）であれ、誰もが「迷羊」なのである。漱石が『三四郎』連載中に語った「雑話」（『全集』第一六巻）によると、美禰子こそが、三四郎を「天性の発露のまま」に翻弄するという意味で「無意識なる偽善者＝アンコンシャス・ヒポクリット（unconscious hypocrite）」であり、もっと根本的には、人間存在そのものが、「父母未生以前」（『門』で使われる「正法眼蔵」からの言葉）の遠い過去から未来永劫まで、「迷羊＝ストレイシープ」なのである。人間は迷羊であるがゆえにじたばたし続ける。じたばたすることにこそ人間の人間たる所以《ゆえん》があるのかもしれない。

芸術は苦しみつつ創造し、文学は「悩み闘い、そして勝つであろう自由な魂」（ロマン・ロラン）たちの軌跡なのである。漱石もまた迷い、悩み、手探りで、父母未生以前の宿命を背負いつつ、人間存在の根元と、愛の根本、そして人としてのあるべき未来をみつめる文学戦士である。そのための探求の方法として「愛の不等辺三角形」方式を確立していった。

『三四郎』では、美禰子を中心に置いて、三四郎と野々宮がトライアングルを形づくる。美禰子と野々宮との間には、美禰子からのアクションはそれなりにあるが、野々宮からのものはかすかなものだけ、せいぜいリボンをプレゼントするくらいが描かれる程度である。したがって三者間では、正三角形の愛の形を描くことはできずに、不等辺三角形ということになる。問題となるのは、トンビに油揚をさらわれるように（意識的な被掠奪かもしれないが）、去っていった美禰子のこれからであろう。あるいは三四郎の負った心の傷が、その後にどうなるかである。原口画伯までが、結婚について、美禰子のことを「僕でよければ貰うが」などと言い出すから、さらに多角形になるが、ともあれ四角形になった。当然ながら歪んだ四角形になってしまった。この四角形の愛の形は、『三四郎』だけで消える。漱石は、いびつにしろ、三角の愛の関係のなかで、以後の小説を発展させることになる。

●電車、電灯の時代

「汽車ほど二〇世紀の文明を代表するものはあるまい」（『草枕』）と漱石は言うが、コンピューターや飛行機が主流を占めるまでの世紀前半はたしかに汽車（と、世界的規模ではアメリカからの「黒船」をも含む船舶）は不動ともいえる時代の主役だったろう。「汽車」の車中から小説『三四郎』は始まるが、これも時代を象徴ないしは反映している。産業革命後のイギリスへの留学経験をもつ漱石だから、文明の利器という発想があったはずである。

一八八九年に東海道本線が全通しているが、これがあったればこそ、日本の急速な「富国強兵」「脱亜入欧」の礎の一つができたともいえるわけで、三四郎が熊本から二日もあれば東京に出てくることが可能になった。参勤交代時代からは隔世の感があるが、それが短期間で達成された。外国からの力が働き、そのみごとな受容はまさに西洋からの「外発的開化」ではあったが、鉄道が日本にとって大きな利便を与えたことはたしかである。だが疾風怒濤のように押しかけてきた外発の力が、日本国の深部にどのような影響をもたらしたかについては、別の問題として残るはずである。漱石という鋭い知性と感性が、そのような「時代」をどう受けとめたかを、『三四郎』を出発点として、恋愛小説という形で、まさに文学的立場で考え続けていくことになるのである。

汽車とともに、東京では急速に電車（路面電車）の時代にもなってきている。「三四郎が東京で驚いたものは沢山ある。第一電車のちんちん鳴るので驚いた」。電車の歴史をたどると、一九〇三年に品川・新橋と、数寄屋橋・神田橋、〇四年に新橋・お茶の水の三線ができ、それら三つの民間会社が〇六年に合併し、一一年に東京市がそれらを買収して「東京市電」が発足した。漱石の『彼岸過迄』（一九一二年）は、神田あたりの市電がなければ小説自体が成立しないほど重要な役割をする。一両立ての小さな路面電車が時代を先導したのである。『行人』（一九一三年）で、二郎の母親が所有していた「場末の地所が、新たに電車の布設される通り路に当る」ので売ったとある。「場末」にまで電車が通るようになり、山手地区、新宿や渋谷、池袋に街は広がっていく。売る土地を持っているような人たちは、さらに富裕な階層となり格差社会は確たるものになっていったことを読みとることができる。もっと想像をたくましくすれば、それらの土地の周辺を購入した個人や団体が、大東京が形成されていく二〇世紀の初頭から、新興の有産階層を形作っていくのだろう。

順序が逆になったが、電気、電灯のことも記しておこう。銀座に白熱灯がついたのは一八八二（明治一五）年で、またたくまに電灯は普及し、現在の東京電力、すなわち東京電灯会社は一八八六年に開業している。一八九二年には電灯が一万灯を突破した祝典行事が行われ、一九〇〇年には二〇万灯となり、〇六年には五〇万灯までに増えた。『坊っちゃん』が書かれた年である。翌〇七年には火力と水力発電によって七八万灯突破で、その普及拡大は破竹の勢いである。

服装も変化しはじめる。和装がまだ中心であるが、洋装に移り変わっていく様子も興味深い。和洋折衷もあれば、和装に帽子というのもある。警官や電車の運転手が制服であるのは、「官」主導の欧化であることを証明している。いちいち和洋の区別は書いてないが、洋服なのか、洋靴を履いているのか、シルクハット（帽子）かなどに注意を払うのは、漱石の小説を読む楽しみの一つでもある。『三四郎』で野々宮よし子が入院した病院は洋式ベッドであるが、『明暗』(一九一六年)で主人公が入院する病室には畳の上に蒲団が敷いてある和式といった情景を確認していくのも面白い。ともあれ時代の文明的背景を念頭に置いて読んでみたいものである。

『三四郎』の風俗人情が一九〇七年前後であることについてはすでに述べた。日露戦争の終了が一九〇五年であることもインプットしてある。とにもかくにも大国に勝った。戦費負担で国民はあえいでいたが、意気軒昂な大衆の姿もあった。漱石の小説・文学は、めまぐるしく時代が洋化していく時代に花開いた。そんな時代と同伴しつつ、しかし苦闘しながら漱石は小説を書き続けたのである。関川夏央流にいえば「『坊っちゃん』の時代」を生きたのである。

この世紀が戦争の世紀であることも忘れてはならない。一九〇四年の日露戦争で始まり、第一次世界大戦(その終戦を見ずに漱石は死んだ)、アジア・太平洋戦争を経て、世紀後半の朝鮮戦争、ベトナム戦争も含めて、戦火が絶えない世紀であった。帝国主義が植民地支配をめざし、多数の国の民衆が苦しむことを余儀なくされた。日本も中国大陸と南方へと触手を伸ばしていった。だが外発的、内発的な問題をかかえた後発諸国が「開花」していくダイナミックな流れを漱石は見ることはできなかった。

●『三四郎』の明るさ

『三四郎』は、小説全体の印象が明るい。プロ作家になってからの、ということは『吾輩は猫である』『坊っちゃん』は除くということであるが、ほとんど漱石では唯一の、すがすがしい印象で読了できるものと言ってよい。印象の明るさは、最初と最後に多くの人々が出て来ることからも推測できる。冒頭の雑然とした汽車の中の様子にしろ、最後の展覧会の雑踏にしろ、活気がある。

これほど生きいきとした情景のなかにあることが出来たのは、漱石自身の、『虞美人草』の成功と、矛盾を含みながらも、時代が日露戦争にともかくにも勝利して上昇していたことと無縁でない。『三四郎』以後の漱石の小説の最初と最後を思い起こしてみると、『門』の最初の一節が明るいことや、『こころ』の冒頭が鎌倉の海岸で人々が泳いでいる風景にはいささか陽光の下にあるとの感じがあるものの、あとはどの作品もどんよりしている。『門』の明るさは持続しないし、『こころ』冒頭部分も、明るい夏の海水浴場でありながら、「先生」は海岸のみんなが泳いでいる浅瀬を抜けだして、沖へ沖へと泳いで一人になりたがっている。その孤独さがラストの暗さを暗示するとすれば単純に明るいとはいえないが、意味深長である。

『三四郎』は、登場人物の年齢が若いということもあるが、人々が生きいきと動きまわっている。いちばん若さの欠ける印象なのが野々宮よし子、それに意外にも主人公小川三四郎である。三四郎に若さが感じられないものがあるのは、漱石が精彩をわざと欠落させたのではないかとの推測も可能であろう。三四郎がもっとアクティブであれば、「金縁の眼鏡」の金持ちに美禰子をとられなかったかもしれない。彼が優柔不断で何事も即決即断できない青年であることを、漱石は小説構成上必要とした。漱石研究者はこぞって三四郎というキャラクターが、しっかりと描けていないという。成長しない三四郎と評したりする。精彩がないのを漱石の責任にして、文学的欠陥であるとしているものもある。そうではあるまい。漱石は、三四郎を決断ができない、成長しようとしてもなかなかできない、女性に向かって突進できない青年を、「新しい女」と対比させつつ描こうとしたのである。そしてそれを描ききった。そこを見おとすわけにはいかない。

精彩のない三四郎に対して、佐々木与次郎は生きいきとしているのはすでに述べた。繰り返せば、与次郎は現代日本の学生群に放り込んでも充分に存在感がある。彼の思考と生活感覚、さらには情報社会を泳ぎ切って生きる様子は、二一世紀のスマホ世代などを仰天させよう。与次郎の行動範囲と交友関係と、社会に飛び込んでいく果敢さは称賛に値する。情報をどこから集めるのかわからないが、不自然さがない。カネもないのに平然とし、ひもじさを感じさせない。彼は決して餓死などしないだろう。与次郎的生活力を身につけた若者はそうそう見つかるまい。アジテーターとしても凄腕である。一流の、しかし少し間の抜けたオルガナイザーである。「偉大なる暗闇」である広田先生を、一高英語教師から帝大教授に押し出そうとする運動の組織力や心意気は、現代の若者には悲しいほど身についていない。借金の作り方や返済の仕方、借りた金の踏み倒しかたまでみごとである。すべて二一世紀社会で生きぬいていける人物像になりえている。漱石はこの「欠陥」学生を生きたキャラクターとして創造することに成功している。『三四郎』の面白さは、美禰子と与次郎の魅力の大きさを抜きにしては考えられない。

与次郎は「明治一五年（一八八二年）以後に生れた」といい、この明治一五年を一つの区切りとしている研究者もいる。すなわち『三四郎』は、鹿鳴館洋化時代の始まりあたりに生まれた人たちが社会の中心に出てくる時代を、描いている。そして与次郎世代が成人するころからの汽車と電気と路面電車時代が始まる。次の『それから』では、熱気はしぼんでいくが、漱石は、『三四郎』で時代を突破しようとした気分があったとしたい。明るいというだけでは短絡的だが、それほど的外れではないはずである。

広田先生の「偉大なる暗闇」像もなかなかのものであろう。鼻から煙を吐き出しながら、おのれの出生についても世間の評判も意に介さず、言いたいことを言い、自在に生きており、だが雑学的なことをも含めて学問は他を圧している。桃の種や皮を平気で汽車の窓から捨ててしまう粗っぽい神経の持ち主でありながら、与次郎などの尊敬を一身に集める人格である。憂国の気分も持っている。いわばそんな豪傑教師を、漱石はみずからを彼に仮託するようなこともしながら楽しそうに描きあげている。

そんなこんなで、二三歳の男女のラブストーリーを縦軸にしながら、明治の青春群像的ドラマとして、『三四郎』は類のないものになりえている。

第二章『それから』

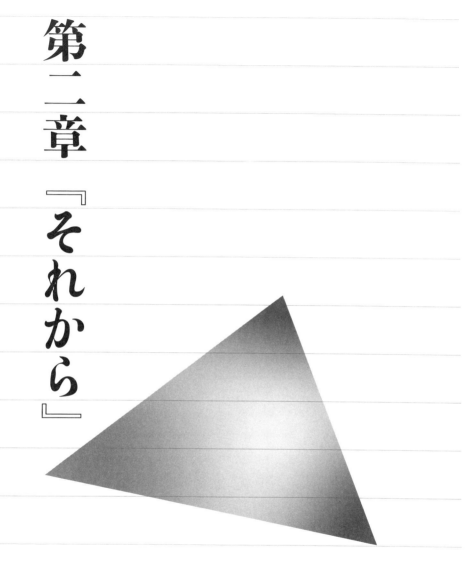

●美禰子から代助へ

美禰子の罪の意識を受け継ぐのは長井代助である。

「迷える羊《ストレイシープ》」である美禰子の決断が、それからどのように展開していくかを追究したのが、翌一九〇九（明治四二）年の『それから』である。有名な予告文がある。

色々な意味においてそれからである。『三四郎』には大学生のことを描いたが、この小説にはそれから先のことを書いたからそれからである。『三四郎』の主人公はあの通り単純であるが、この主人公はそれから後の男であるからこの点においても、それからである。この主人公は最後に、妙な運命に陥る。それからさきどうなるかは書いてない。この意味においても又それからである。

（一九〇九年六月二一日「東京朝日新聞」『全集』第一一巻）

新聞連載を前にしての「『それから』の予告」は、題名の唐突さもあって、まるで読者に向けて、遊びの調子で問いかけているようであり、挑発しているようにもとれる。朝日新聞のお抱え作家としての自信も見てとれる。とはいいながら、『それから』は重い。『三四郎』のようにほろ苦さを内包した青春群像小説ではない。

「予告」で、主人公が「妙な運命に陥る」と説明をしており、漱石は結末がすでに念頭にあるのがわかる。冒頭が暗い。『それから』以後の作品も、重さと暗さを少しずつ増して、愛の物語は深められていく。漱石からいえば、計算外ともいえるほどの重厚さが出てくるが、後の時代に漱石を読む者にとっては、この転機あってこその豊穣な漱石文学に出会えるのである。未完の『明暗』まで、日本近代文学史の最高の小説群が続く。

あらすじ。——実業家の親の庇護のもと、長井代助は悠々自適、「高等遊民」の生活をしている。代助はかつて愛していた三千代を大学時代の友人平岡常次郎に譲った。三年後、平岡は仕事をしくじり関西から三千代と東京に戻ってきて、代助に就職斡旋を依頼する。三千代は元気がなく、流産したこともあって幸せには見えない。平岡は生活も崩れ、放蕩もしているようだ。三千代は平岡の代理として借金の申し込みにきたりする。代助はその姿を見て、今も三千代を愛していることを自覚するようになり、平岡に譲ったのを後悔する。代助は父がすすめる政略結婚をことわり、三千代を平岡から取り戻す決意をする。三千代の同意も得られた。父とも友人とも絶縁して、病身の三千代とともにこれから生き続けねばならない。もう父からの財政的援助によって遊んで自在に暮らしてはいけない。激怒する平岡と対決しつつ、ブルジョア的な生活から滑り落ちて、友人の妻を奪った者として、三千代と厳しい、しかし愛に満ちた人生の再出発をしよう。代助は悲壮な決意をするのだった。

時代は暗さを増していった。『三四郎』は明るいが『それから』は暗い。明治末年頃から大正初期のこの国は、ストレートにではないが、「富国強兵」で高揚しつつも、暗さをも加重していった。漱石の内面にもしみこまざるを得なかった。漱石後期の作品が重苦しいのは社会と時代の反映でもある。『それから』連載開始の二か月前に、「日糖事件」が発覚し、政財界から多くの逮捕者が出る。この事件を代助が新聞で読んでいるところがある。政財界を揺るがす大疑獄事件である。この日糖疑獄は明らかに日露戦争後の不況が起こしたものであるとされる。漱石はこの事件を小説に取り入れるセンスをもっている。代助の父や兄が逮捕されるかもしれないという言葉も出てくる。不安な時代である。不況が代助の父の事業に打撃を与えているのも読みとれる。代助が父から縁談を強要されるのも、遠因は不況による父の会社の経営不振だろう。父が代助の見合い結婚拒否に激怒するのは代助の行為への倫理的判断だけではない。実業家としてのみずからの土台が揺らごうとしているからである。これは重要な抑えどころなのだ。

伊藤博文が暗殺されるのは『それから』の連載終了の一〇日後であり、この事件については『門』で取り入れられている。幸徳秋水が死刑となる「大逆」事件は『それから』の次の年である。『それから』で、期せずして漱石は秋水のエピソードを書きこんでおり、「現代的滑稽の標本じゃないか」と茶化しているが、「大逆」事件以前であったからこそ書くことができた。漱石の政治や社会の動きに対する反応は鋭い。社会の動きを小説のなかに織り込んでいく。時代や社会の動きを誠実に見守る知識人でありつつ作家であろうとしている。小説家漱石は、社会から隔絶した男女の愛のトライアングルにだけ関心があったのではない。むしろ社会と連動しつつ人々の実生活が営まれていることを誰よりもよく認識していた。漱石の小説は、二〇世紀初頭というか明治末年から大正のはじめという時代の制約のなかで生きた知識人の愛とその苦悩なり苦闘の物語でもある。

美禰子はみずからの「咎《とが》」を自覚していたから、もしその後の美禰子はどうしたかという課題が残されたとしたなら、それは美禰子の「贖罪《しょくざい》」の物語になるはずである。「贖罪」とは、罪をあがなうことであり、要するにいかに「罪ほろぼし」をするかということになる。いかなる「罰」を受けるかでもある。美禰子が「咎」を認めたところで終わり、彼女のそれからが『それから』であるとしたならば、罪ほろぼしをするのは、裏切った相手に対してでなければならない。美禰子が女性だからということで、美禰子を引き継ぐのは『それから』のヒロイン三千代であるということにはならない。背信をしたのは美禰子である。美禰子の後身は、かつて三千代を裏切った『それから』の代助である。美禰子の「咎」は、代助が引き継がねばならない。突然の失恋に茫然自失した三四郎の後身は三千代ということになる。罪のつぐないは女性→男性（『三四郎』）から、男性→女性（『それから』）へと男女が入れ替わる。

●「明」と「暗」

『それから』冒頭部を読むだけで、暗鬱な雰囲気が伝わってくる。

誰か慌《あわ》ただしく門前を駆《か》けて行く足音がした時、代助の頭の中には、大きな俎下駄《まないたげた》が空《くう》から、ぶら下っていた。けれども、その俎下駄は、足音の遠退《とおの》くに従って、すうと頭から抜け出して消えてしまった。そうして眼が覚めた。

奥泉光は、ほとんど例外的な感じでとりあげた二一世紀文献であるが、「俎下駄」は「ギロチン」のイメージとして読めると言っている（『夏目漱石、読んじゃえば？』）。大きな高下駄であり、それが仮に一本歯のものなら、その「歯」は、断頭台の「刃」につながると主張されるなら、なるほどということになる。非現実的で奇妙なイメージも、夢だから許容されるが、いずれにしろ、すぐ後に「椿が一輪畳の上に落ちている」とある。「心臓の鼓動を」「死に誘う警鐘」と思ったり、心臓を「金槌《かなづち》で」うちつけたら云々という表現もあって、精読すると、死のイメージと隣り合わせのようなギクリとする書き出しである。まさかギロチンではないにしても、明るいものをイメージする余地はない。たとえ宙に揺れる下駄の不格好さが目立つにしろ、そこからユーモアが漂うはずがない。暗くて不安感を増幅させる。

小説中の言葉を使えば「ニルアドミラリ＝nil admirari」、すなわち、何にも驚かなくなってしまった精神状態である。森鷗外の『舞姫』にも主人公の気分を表す言葉として使われていた。『舞姫』は女性を裏切る内容であったことが思われる。代助の心情を表現するのにアンニュイennuiも使われている。けだるいのであり、倦怠感である。『三四郎』は明るいといったが、むろん結末に愛は成就しないものの、『それから』の暗さとはまったく違う。

ところがすぐ先に、代助の健康さが強調されていて、「暗」ではなく「明」である。

丁寧に歯を磨いた。彼は歯並の好いのを常に嬉しく思っている。肌を脱いで綺麗に胸と背を摩擦した。彼の皮膚には濃《こまや》かな一種の光沢《つや》がある。香油を塗り込んだあとを、よく拭き取ったように、肩を揺《うご》かしたり、腕を上げたりする度に、局所の脂肪が薄く漲《みなぎ》って見える。かれはそれにも満足である。次に黒い髪を分けた。油を塗《つ》けないでも面白いほど自由になる。髭も髪同様に細く且つ初々しく、口の上を品よく蔽《おお》うていた。代助はそのふっくらした頬を、両手で両三度撫でながら、鏡の前にわが顔を映していた。まるで女が御白粉を付ける時の手付と一般であった。実際彼は必要があれば、御白粉さえ付けかねぬほどに、肉体に誇りを置く人である。

健康さをほこっているが、自己愛も感じられる。漱石自身は体力や肉体的なものが小さく弱かったし、顔には疱瘡《ほうそう》の跡が残っていた。肉体的にはいささかの劣等意識はあったようだから（没後、漱石のすべての写真からは痘痕《あばた》が消し去られたというが）、男性的な強さにあこがれた様子を読みとることもできる。代助が自分の男性性に誇りを感じるところは、彼のナルシシズム＝自己愛的傾向があることの表明である。さらに想像をたくましくするなら、同性愛的なひそやかな憧憬が潜在しているようにも受けとめることができよう。『それから』でいえば、これから登場する三千代の夫の平岡と代助は、かつて中学から大学までの親友であり、だからこそ平岡が三千代との結婚を望んだとき、代助は愛する三千代を彼に譲ったと読みとることができる。平岡への友情からではあるが、一般的友情を超えるような感情が代助から平岡にあったからとしても不思議ではない。

大岡昇平はこのあたりのことを「姦通の記号学」において、「『それから』では親友であるという理由から自分の愛する女を譲る。これは多くの姦通小説が不倫を正当化するための筋立」であり、「潜在的にその友人に対する同性愛があり、その恋愛感情を模倣する」と書いたうえで、恐るべき推論をしている。「そこで相手（ここでは平岡。筆者注）にゆずって、結婚という制度的結合を作り出して、それから姦通する。姦通させるために結婚させるのです」。マゾ的サド的ともいえる性倒錯である。この推論は、後に述べる漱石自身の描いた三角関係図式（p117）の4にぴったり一致する。戦後文学の雄にして、『武蔵野夫人』を書いており、姦通小説の泰斗《たいと》である大岡の言であって、漱石はそのような意識をもっていたとは思えないが、ある種の説得力があるというものである。柄谷行人もまた次のように言っている。「男の〈愛〉は、もう一人の男がいるからこそ燃えたったのである。すなわち、三角関係はけっして特殊なものではなく、あらゆる〈愛〉―あるいはあらゆる〈欲望〉は三角関係においてある。むしろ〈関係〉そのものが三角関係として生ずるのだといってもよい」（「文学について」）。

三千代の兄である菅沼は、代助・平岡とともに三羽ガラスの親友であったが、少し過激に言えばそこでの代助の菅沼への全幅の信頼も、男が男に感じる友情の域を超える要素があったように思える。これから漱石が展開していく不安定な不等辺三角形の愛の物語に微妙な影響を及ぼすが、その前兆のようなものとして現れている。代助と平岡に双方性の感情があったのか、代助から平岡への一方だけの感情であったのかなどは判断が難しい。男と男の間柄でいえば、『門』における主人公宗助と、御米を争うことになる親友安井との距離も、少し近すぎる。だからこその悲劇になった。男性同士の親近感の代表的なものは、『こころ』における「先生」とKということになろう。先生とKは明らかに近い。多くの読者がなるほどと思う。同性愛の問題は、ここでのテーマではないが、『それから』にはじまる円熟期作品では心にかけておいてもよいだろう。本筋へ戻る。

『それから』冒頭における「明」と「暗」は、ここから両者が葛藤し、ある種の闘いになる。そして「暗」が「明」を駆逐する。ただし代助が「咎」をつぐなって、ほんらいの愛を貫徹する本筋では、代助は一切の妥協を排して果敢に闘い、大きく傷つきながらも本当の自然な自分に帰っていく。それを単純に「暗」として片づけるわけには行くまい。愛と幸福を求める闘いは「暗」ではない。

暗と明の混在する冒頭は、その両者が絡み合ったりしての対照であるので、読む者をいささか戸惑わせる。読み進めるうちに、次第に暗さが増してくる。三年前に、代助は友情という名のヒロイズムを発揮して、愛し、そして愛されていたに違いない三千代を平岡に譲った。だが平岡はカネで不始末を起こし、それを部下のせいにしている感じだが、どこか信用できない。うさんくさくなった平岡の様子を漱石は巧妙に描写している。平岡は、実業家である代助の親に頼んで就職しようとする。これも底が割れて薄汚い。三千代は平岡の代理で、代助に「少しお金の工面が出来なくって？」とやってくる。五百円だという。岩波文庫『それから』の注によると、当時の下級官吏の平均給与は二九円、新聞記者のそれは二〇円から三〇円とある。『門』の宗助は三〇円よりは多いと思われるが、大きく上回ることはあるまい。そういえば、石川啄木が漱石と同時期に朝日新聞の校正係として勤務するが、月給二五円で、宿直をすると一円が貰えた。平均的な労働者の一年分を超える賃金の額の借金を、平岡は妻にさせるのである。平岡がいかに退廃し、あるいは三千代への愛がさめているかを如実に物語る。代助は平岡夫婦の破綻を知る。

●計算された章立て

平岡は外泊もしばしばで、三千代の身体が弱っていることもあって、酒色にふけりはじめている。そんな平岡を見るにつけ、代助は、三千代を裏切った過去の「咎《とが》」をつぐなわねばならぬとの思いが明確になってくる。

漱石は、三千代のイメージを濃厚に読者に印象づけようとする。全一七章で三千代がどう出て来るのかを点検すると、三千代は各章の末尾で、あたかもクローズアップされる形で読者に提示されてくる。現実の登場は意図的に少なくして、代助のなかに大きな位置を占めるようにさせている、そしてそれが次第にふくらんでくるのが強調される。全章のラストを点検してみると、それがよくわかる。

＊第一章

「写真帖…には廿歳位《はたち》の女の半身がある。代助は眼を伏せて凝《じっ》と女の顔を見詰めていた」。むろん三千代の写真である。

＊第二章

平岡がいう「…妻《さい》（三千代）が頻《しき》りに、君はもう奥さんを持ったろうか、未だだろうかって気にしていたぜ」

＊第三章

三千代は出てこないが、代助は嫂《あによめ》に言う。結婚するなら「先祖の拵《こし》らえた因縁よりも、まだ自分の拵えた因縁で貰う方が貰い好いようだな」。結婚相手は自分で見つけるとの決意表明である。

＊第四章

「蒼白い三千代の顔を眺めて、その中に、漠然たる未来の不安を感じた」

＊第五章

三千代から借金の申込みをされた代助は兄の誠吾に頼ろうとする。だが、うまくいきそうにない。ストレートな三千代の話題ではない。だが次の第六章は、三千代のことから始まる。「…代助も三千代が気の毒だとか、可哀相だとかいう泣言は、なるべく避けるようにした」

＊第六章

織田信長の料理人の話などをしていて、三千代が「本当ですわ」と相づちを打つ。

＊第七章

嫂が代助に「誰か好きなのがあるんでしょう。その方の名を仰《おっ》しゃい」。…「不意に三千代という名が心に浮かんだ」

＊第八章

「平岡は、ちらりちらりと何故三千代を貰ったかと思うようになった。代助はどこかしらで、何故三千代を周旋したかという声を聞いた」。対句的表現である。

＊第九章

代助「〈あなたは僕の事を何か御父さんに讒訴《ざんそ》しやしないか〉。梅子（嫂）はハハハハと笑った…」

＊第一〇章

三千代が「帰るときには約束通り車を雇った。寒いので、セルの上へ男の羽織を着せようとしたら、三千代は笑って着なかった」。（筆者注　「車」は人力車である）

＊第一一章

「代助の頭の中に、突然三千代の姿が浮んだ。…」

＊第一二章

代助と父と兄との会話。代助の見合いのことである。代助は煮え切らない返事。次の第一三章の冒頭にも三千代のイメージはない。

＊第一三章

「天意には叶うが、人の掟に背く恋」を貫くかどうかで代助は思い悩む。
＊第一四章
「仕様がない。覚悟を極めましょう」と言って三千代が代助の求愛を受けいれて帰っていったあとの代助の幸福感。漱石はブリスbliss＝至福という言葉も使っている。
＊第一五章
父から絶縁を申し渡される代助。嫂が「〈どうなすって〉と聞いた。代助は答えようもなかった」
＊第一六章
「三千代さんの死骸だけを僕に見せるつもりなんだ。それは酷《ひど》い。それは残酷だ」…と平岡を難詰する代助。
＊第一七章
「代助は自分の頭が焼け尽きるまで電車に乗って行こうと決心した」(了)
実によく計算されている。全一七章あるなかで、一二もの章がなんらかの形で三千代のイメージで終わっている。
各章を三千代に収斂《しゅうれん》させるスタイルが意図されているように思われる。三千代で終わり、次の章では、おおむね三千代のことからはスタートしない。各章のラストを三千代のイメージで盛りあげて終え、次の章は三千代を忘れているような叙述ではじめる。だが第一三章からは、各章が三千代で終わり、次も三千代で始まるのが多くなり、小説のリズムが、三千代を思う代助の気持ちの高まりの気分に連動し合一していく。必ずしも整合性はないが、『それから』自体が、代助の三千代への贖罪と二人の再生に向けて、作者漱石がひた走るスタイルである。目立ちはしないが、繊細で緻密な計算がある。

ただし三千代の叙述に、漱石は細心の注意をはらっているにもかかわらず、三千代は生身の人間としてあまり躍動しないのが気になる。美禰子とは対照的である。三千代が病身だから、では説明できない。頼りなげな三千代をもっときめこまかく描くことはできたはずである。三四郎の煮え切らないのが漱石の計算であったのとは少し違う。肝心の代助にしても、三千代への言葉の高揚は読みとることができるものの、そしてラストへ向けての高まりはあるが、とりわけ中盤あたりまでは、これが三千代を奪い返さねばとするほどの気持ちなのか、それほどにホットだろうかという弱さの印象がどこかに残る。三千代の描写がなにか煮え切らないのは、漱石の小説家としてのいささかの未成熟があるのかと思わずにはいられない。

●三千代への愛

三千代への贖罪の気持ちが明確になり、愛の自覚がはっきりしてくるにしたがって、代助の気持ちは昂ぶってくる。体力の衰えていく三千代を見て、平岡の三千代への冷え切った様子を感じるにつけ、三千代奪還の心情も固まってくる。そのような気持ちを、代助は理性で再点検する作業もしていく。

父からの政略結婚への誘いと圧力が強くなってくる。長井一族は、安定した資本を注入してテコ入れしなければ、事業のやりくりが難しくなってきている。代助は長井家再興の切り札であり、父や兄からいえば、これまで「高等遊民」として遊ばせておいたのは、危急存亡の時の備えを秘匿してあったとも考えられる。いざというときには代助が資本家筋と姻族になるのを承知するだろうと楽観してきた。女遊びをしたこともある代助には、その程度の柔軟性はあるはずである。だがいつか代助には決死の覚悟ができつつあったのである。代助に好意的な嫂《あによめ》梅子だけは、わずかに代助の側にも何か事情があると察している。だが生きるか死ぬかの決意性をもっているとは思っていない。

嫂と代助はかなり気持ちが通じ合っている。共犯者性とまではいかぬにしろ、代助が、唯一家族で親近感をもつのが嫂であることは記憶に留めておこう。漱石の成育歴における実際の「嫂」とのことも、漱石論の一つのキーポイントである。『行人』二郎の嫂お直と、『道草』の健三の嫂のところで考察することにしたい。

三千代をなかにおいて、代助と平岡のトライアングルのはずが、次第に代助と三千代の二項結合の線だけに固まってきて、これまでの三千代＝平岡の結合を主要な形として、そこに代助が軽く侵入するような不等辺三角形が、二等辺三角形の均衡をも崩してしまいそうになる。だが法的には人妻だから代助は入り込む余地はない。

主要なところだけは立ち止まって点検しておこう。漱石文学の愛の昂ぶりを描いた名文もいささか書き写していきたい。追い詰められるから全体としては暗くなっていくが、反転攻勢、代助は必死になる。そこから新たな代助と三千代の紐帯《ちゅうたい》の確かさを垣間見ることもできるし、漱石のリアリズム調よりもロマンチシズム色のある文体に眼をみはることにもなる。全体のトーンは暗くなるが、小説『それから』自体は、その文学的表現を高次のものにしていく。

彼は三千代と自分の関係を、天意によって、…発酵させる事の社会的危険を承知していた。天意には叶うが、人の掟に背く恋は、その恋の主の死によって、始めて社会から認められるのが常であった。彼は万一の悲劇を二人の間に描いて、覚えず慄然《りつぜん》とした。彼はまた反対に、三千代と永遠の隔離を想像して見た。その時は天意に従う代りに、自己の意志に殉ずる人にならなければ済まなかった。…

自然の児《じ》になろうか、また意志の人になろうかと代助は迷った。

「天意に従う代りに、自己の意志に殉ずる」とは、代助が三千代を諦めることである。「自然の児」になるのが、三千代との愛の再生回復である。代助は迷いに迷って、三千代に告白すべしとの結論になる。社会の掟に縛られた「意志の人」になってはいけないのだ。近松の浄瑠璃も念頭に浮かび、『曽根崎心中』のお初や徳兵衛、『心中天網島』の小春や治兵衛の顔も代助の頭をかすめたということだろう。彼らは死ぬことで本懐をとげた。ここでは死のイメージが去来すること も記憶しておかねばならないだろう。そして意を決して代助は三千代と対座する。編中最高潮の部分である。会話部分だけを抄録してみよう。

「僕の存在には貴方が必要だ。どうしても必要だ。僕はそれだけの事を貴方に話したいためにわざわざ貴方を呼んだのです。…僕はそれを貴方に承知してもらいたいのです。承知して下さい。…承知して下さるでしょう」…

「余《あんま》りだわ」…

「僕は三、四年前に、貴方にそう打ち明けなければならなかったのです」…

「打ち明けて下さらなくってもいいから、何故…、何故棄ててしまったんです」

「僕が悪い。堪忍して下さい」…

「残酷だわ」…

「残酷だといわれても仕方がありません。その代り僕はそれだけの罰を受けています。…宅《うち》のものから何遍結婚を勧められたか分りません。けれども、みんな断ってしまいました。…どうなっても構わない、断るんです。貴方が僕に復讐している間は断らなければならないんです。…いや僕は貴方にどこまでも復讐してもらいたいのです。それが本望なのです。…僕はこれで社会的に罪を犯したも同じ事です。しかし僕はそう生れてきた人間なのだから、罪を犯す方が、僕には自然なのです」…

「ただ、もう少し早くいって下さると」…

「じゃ僕が生涯黙っていた方が、貴方には幸福だったんですか」…

「私だって、貴方がそういって下さらなければ、生きていられなくなったかも知れませんわ」…

「それじゃ構わないでしょう」

「構わないよりありがたいわ。ただ」

「ただ平岡に済まないというんでしょう。…三千代さん、正直にいって御覧。貴方は平岡を愛しているんですか。…では、平岡は貴方を愛しているんですか」…

「仕様がない。覚悟を極めましょう」(傍線は筆者)

代助は、そして三千代も、言葉で愛の確認をし、「罪を犯して」でも「自然の児」になることを選ぶ。会話のなかの「自然」を、漱石はうまくつかっている。少し、いや、そうではなく、かなりこなれの悪い生硬な会話体であって、口語調とは少しずれる。むろん漱石は承知で書生っぽい会話体にしたのだろう。代助と三千代の口調も意識的に分けている。愛する男と女の会話は、実際はこんなものにはならない。代助の改まった固い口調は、代助の高揚感を表してはいるのだろう。それにしても情緒を振り払ったような生硬さは気になる。

『三四郎』での会話の方がナチュラルである。『門』ではもっと日常的な口語調になる。だが滑《なめ》らかではないごつごつした非日常的会話は、言文一致体からは少し後戻りするように思えるが、漱石が苦労して生み出したものだろう。せっぱつまった二人を自然体の話し言葉で書けば、それで文学性が鮮やかになるとは限らない。一〇〇年後の現代でも内面的リアリティは薄まっていない。日本文学における愛の告白の場面としては、やはり特筆すべきすぐれたものである。

●白百合

代助は「僕は罰を受けています」とも言っている。これは美禰子の「咎」（罪）に対応する。美禰子の後身である代助の責任の言葉である。さらに「僕は貴方にどこまでも復讐して貰いたい」と続ける。いささか自虐的ではある。代助が結婚せずに独身でいることも罪のつぐないである。前作『三四郎』が引きずってきた課題はここで明示され、罪の所在を明確にする。繰り返せば、『三四郎』は『それから』にしっかりと連続している。

愛の確認の瞬間、男女の関係は新たな次元に達した。性愛はないが、代助が社会的に許されない求愛をし、三千代が「覚悟を極め」た時点で、次なる「罪」の問題が発生する。「罰」もまたついてまわるだろう。いや、本質的には咎ではなく「自然の児」への回帰だから「罰」はないはずである。だが復讐がどう待ち受けているのかを考えねばならないようになる。この時点で漱石が次の『門』をどれだけ構想していたかはわからないが、最初から「妙な運命に陥る」ことを意図していたのだから、未だ執筆されていない次作（『門』）における「罪と罰」のテーマはかなりの程度、定まってきたことになる。しかもそれは高揚した愛の物語ではなさそうである。三千代が帰ったあと、ブリス（幸福）の感に陶酔する代助を表現する文章は、ある種ロマンチシズム調美文であり、その格調において追随を許さないものである。少し濡れた叙情は漱石にはめずらしいかもしれない。小説は、ある意味で文体であるということを思い知らせてもくれる。

雨は夕方歇《や》んで、夜に入《い》ったら、雲がしきりに飛んだ。その中《うち》洗ったような月が出た。代助は光を浴びる庭の濡葉《ぬれは》を長い間縁側から眺めていたが、しまいに下駄を穿《は》いて下へ降りた。固《もと》より広い庭でない上に立木の数が存外多いので、代助の歩く積《せき》はたんとなかった。代助はその真中に立って、大きな空を仰いだ。やがて、座敷から、昼間買った百合の花を取って来て、自分の周囲《まわり》に蒔《ま》き散らした。白い花弁が点々として月の光に冴えた。あるものは、木下闇《こしたやみ》に仄《ほの》めいた。代助は何をするともなくその間に曲《かが》んでいた。寝る時になって始めて再び座敷へ上がった。室の中は花の香《におい》がまだ全く抜けていなかった。

全一七章中、第一四章のラストである。代助と三千代が愛の成就を誓いあった今、代助が真の自己実現をはかるには大きな壁が横たわっている。代助を政略結婚させ、事業不振を挽回する思惑をもつ父や兄には、長井家の存亡がかかわる。代助に勝手な真似をさせることはできない。ましてや人妻との愛など破廉恥で問題外である。嫂だけは代助に好意的で、何もいわずに二百円を都合してくれる。そのカネは代助経由で三千代から平岡のところへいってしまい、平岡の遊蕩費に消えるだろう。嫂梅子さえも、代助の「反社会的」な決断は認めてくれない。代助の理解者はいなくなり、孤絶した闘いになる。

彼は自ら切りひらいたこの運命の断片を頭に乗せて、父と決戦すべき準備を整えた。父の後には兄がいた、嫂がいた。これらと戦った後には平岡がいた。これらを切り抜けても大きな社会があった。個人の自由と情実を毫《ごう》も斟酌《しんしやく》してくれない器械のような社会があった。代助にはこの社会が今全然暗黒に見えた。代助は凡てと戦う覚悟をした。

漱石文学中、もっとも戦闘的で高揚した一節である。事実、格調も高いが、ラジカルな内容に眼をみはる。とはいえ過激であることが文学的な質を保障するものでないことは一般論として確認しておかねばならない。戦闘的なことと、小説としての文学的価値とは関係がない。
明治末期のこの国が、真に人間が人間であることを謳歌できない閉塞性の強い「大きな社会」になってしまっているのを漱石は意識していた。そのことを一〇〇年後の二一世紀に生きる者も正確に理解しておかねばならない。「姦通」を漱石が擁護しているわけではない。だが愛する者同士が愛を貫徹できない閉塞的な社会であるとの認識が漱石にはあったに違いない。人間が「自然」であることを凛として貫くことを、漱石はここで擁護しなければならないと決意している。

具体的には、愛のない平岡との結婚から、三千代を解放し、真の愛情を代助との間で築くのが「自然」なのである。愛のない夫婦をつくるのに手を貸したのは代助である。人間性の回復、それを阻むもの「すべて」と戦うのである。「すべて」には、明治社会も、姦通罪も、代助の家族もあり、むろん平岡もいる。さらには、代助みずからの内なる弱さもあろう。それらすべてが戦いの相手である。『それから』における漱石は、代助ともども燃え立っている。

後述もするが、表現とか、リアリズム文体的な達成では『それから』は『門』に譲らねばならないし、人間心理の深淵を平易な文体で提示したという点では『こころ』のほうを高く評価すべきである。さらに人間存在の根元的意味を探求する近代リアリズム文学への挑戦と達成では、『明暗』をあげなければならない。だが、まずは文学的意気込みでは、その筆頭に『それから』を位置づけることが出来る。表現的な完成度がいささか低いとか、代助を借りての漱石の饒舌が多いとか、三千代の影が薄いとか、『それから』には不満な部分もあるが、それらを勘定にいれ、さらには前述したラジカルな高揚自体には文学的価値があるとは言えないことも明確にさせたうえで、なおかつ、『それから』については次のようにいえよう。つまり不合理な社会とそこにうごめく人間に対して、真にまっとうな人間性を対峙させて戦いを挑む志が、漱石の場合、『それから』において文学的に結晶できたということである。その後の漱石の豊穣な文学的達成をむろん承知しつつ、日本近代小説の可能性のひとつを『それから』はわがものとしたのである。

●職業を探して来る

代助は、三千代との愛の確認ができたことを平岡に告げる義務がある。逃げたりごまかしたりする気持ちは払拭した。平岡と会ってすべてを語り終え、代助は言う。「僕は君を裏切りしたように当る。怪しからん友達だと思うだろう。そう思われても一言もない。済まないことになった。…だから、この事に対して、君の僕等に与えようとする制裁は潔よく受ける覚悟だ」。平岡が反発する。悪いと思いながらここまできて、なおも居直って三千代を奪うのは許せないと言う。だが悪いと思うことと、三千代との愛をつらぬくこと、その両者は正反対である。代助が答える。

「矛盾かも知れない。しかしそれは世間の掟と定めてある夫婦関係と、自然の事実として成り上がった夫婦関係とが一致しなかったと言う矛盾なのだから仕方がない。僕は世間の掟として、三千代さんの夫たる君に詫《あや》まる。しかし僕の行為その物に対しては矛盾も何も犯していないつもりだ。…君は三千代さんを愛していなかった。…僕は三千代さんを愛している。…平岡、僕は君よりも前から三千代さんを愛していたのだよ。…三千代さんをくれないか」。

平岡は「うん遣《や》ろう」と答える。「それほど三千代を愛していなかったかも知れない」との弱みもあるからである。だが、いま病気だから、「しかも余り軽い方じゃない」から治るまで待てという。ここでも三千代と死の影がちらりと現れる。しばし待つことを了承する。

　旬日を経て、代助の父と兄の元へ平岡からの手紙が届いたことがわかる。平岡側からみた経過がすべて書いてあり、父と兄は、代助の許されない行為を知る。平岡の讒訴《ざんそ》（＝かげぐち）が、代助と平岡との人間的約束のルールを逸脱していることにたぶん平岡は気づいていない。本来なら「くれないか」「うん遣ろう」で、たとえ平岡には不本意であったにしても、昔の親友同士だから、微妙なものを残しながらも、それで一件落着すべきであろう。たとえ明治という時代の社会的制約を背負っていたにせよ、あくまで個人レベルの愛情のもつれであって、社会が関与すべきではない。だが、平岡は、いわば人と人との約束を一方的に廃棄してしまった。

　そのことをとやかくいえる立場に代助はない。原因をつくったのは代助だからである。平岡の品性とか人格云々でケリはつかない。「大きな社会」の一端が、こんな圧力として代助の前に現出してくるのが予想できなかったとはいえまい。愛や情念の問題をこえて明治社会にはりめぐらされた社会的な掟でもある。兄が父の言葉を代助に告げに来る。「もう生涯代助には逢わない。どこへ行って、何をしようと当人の勝手だ。そのかわり、以来子としても取り扱わない。また親とも思ってくれるな」。「大きな社会」が代助に宣告した制裁の結論である。

　義絶であり、勘当である。財産はもらえないし貯えもないから無一物である。これからは「高等遊民」として世間から超然として生きていけない。特権階級からドロップアウトした。みずから生計をたてていかねばならぬ。代助は、まず生活の糧を得るために仕事をもたねばならない。「門野さん。僕はちょっと職業を探してくる」。代助は家を飛び出していく。

職に就く事態になることは、「家」からの自立を意味する。これまで家父長制度のなかで父の権威には逆らえなかった。ブルジョアの父から月々の、多分、高額の援助を得ることで「高等遊民」という立場を与えられていたからである。代助の自由気ままは「奴隷の自由」である。自分の思考や自立の放棄を代償にして、その場限りの自由や解放を得る。真の自由を売り渡すことで得られる紐つき、枠つき、首輪つきの「自由」である。天意には叶うが、人の掟に背く恋を成就する過程で、代助はやっと自分が枠つきの自由のなかを泳いでいたにすぎないのに気づく。三千代を平岡に譲ったのも含めて真の自分を生きていなかった。これから病身の三千代とともに自立して生きねばならない。最低限の衣食住のための財政的基礎をかためる必要がある。そのことでやっと、自由へのキップを獲得でき、その入口に立つことができる。目的地に着くとは約束されていないが、まずは「職業」と、その労働の対価としての「賃金」が必要である。だから「ちょっと職業を探して来る」との代助の言葉は、「ちょっと」などではなく、とてつもなく重い自立宣言であり、社会からの「個」の独立宣言としての意味をもつ。再出発の第一声であり、覚悟が込められている。この言葉は死ぬかもわからない困難にさえつながっている。

代助は東京帝国大学を平岡より優秀な成績で卒業してエリートの資格をもつ。『それから』が発表された一九〇九年には日本には大学は四つしかなかった。「東京」「京都」「東北」「九州」

の各帝国大学である。慶応、早稲田、明治、同志社など現在に続く私立大学の雄は一九二〇年の「大学令」を待ってやっと「大学」に昇格した。代助は頂点を構成するエリートの資格を獲得していた。支配層の一角に位置を得ることができたはずである。だが述べてきた理由で職業につくことを拒否していた。第一高等学校の寮歌「嗚呼玉杯に花うけて」にあるように、エリート気取りの高等遊民＝代助は、「栄華の巷《ちまた》低く見て」、現世を見下ろしていた。働くに値しないつまらない現世（社会）を軽蔑していた。だが今後は「栄華の巷」から代助自身が逆襲され、「低く」見られることになる。そのことに誇りをもって立ち向かっていくことができるのか。代助に職業が見つかるか。「社会」とも戦う決意をした代助が、高級官僚をめざすはずがない。ましてや実業の世界での栄達を求めるわけがない。支配層の一角に位置を求めるのは自己矛盾になる。代助の意にかなう職業があるのか。代助は下流に押し流されることになる。みずから選んで「身を落とす」のである。家を飛び出す。ラストは、飯田橋から電車に乗る。

小包郵便を載せた赤い車がはっと電車と摺《す》れ違うとき、また代助の頭の中に吸い込まれた。煙草《タバコ》屋の暖簾が赤かった。売り出しの旗も赤かった。電柱が赤かった。赤ペンキの看板がそれから、それへと続いた。しまいには世の中が真赤になった。そうして、代助の頭を中心としてくるりくるりと炎の息を吹いて回転した。代助は自分の頭が焼け尽きるまで電車に乗って行こうと決心した。

たった数行のなかに、赤色とそのイメージが八回繰り返される。漱石の自筆メモに、街のなかで見受けられる赤いものが羅列してある。代助のパニックな状態がシンボリックに「赤」で表現される。「焼け尽きる」とあるのは、「大きな社会」からの圧迫感でもあろうが、「死」のイメージかもしれない。あるいはいま病床にある三千代の死期が近いとも受け取れる。冒頭の「俎《まないた》下駄《げた》」ともつながる。自然主義リアリズムとは一線を画した、いわば漱石流のロマンチシズムとリアリズムの混淆《こんこう》した発想であり文体のように思える。だが代助にもう動揺はない。「自然の児」になったのだ。代助は、どのような職業をみつけ、三千代と結ばれて、それからどう生きるのか。「悉《ことごと》く暗黒」な日本の社会で、たとえ「一寸四方」でも「輝いてる断面」を見つけることが出来るのか。これから代助の本当の生活がはじまる。このような熱気は漱石の小説中、唯一無二であろう。だからよいというのではないが、ジェントルマン漱石がもっとも熱くなった文学的表現がここにある。

●もうひとつの『それから』論

大きく転換する。本来なら一章を立てるべきであるが、長編小説に沿っての論述なので、便宜的にここに置く。仮に章の題名をつけるならば、

「現代日本の開化について」。

漱石が日本の国を歴史のなかでどうとらえていたか、そしてこの国がどうあるべきかと考えて

いたか、さらに漱石が日本社会といかに向き合ったかを考察したい。どうして『それから』論の末尾に置くかというと、『それから』には、漱石の「日本論」が、いろいろな角度から表明されているからである。

『それから』のラストで代助は、自立をめざして必死の形相で家を飛び出す。「職業」を得なければならない。ここは「高等遊民」代助個人が、はじめて日本という国家なり社会に、正面から向き合った瞬間である。思うより重要なところである。そもそも代助は、これまで職業をもつことを愚劣だと思っていた。次のような例をあげて職に就かない自分を正当化していた。

織田信長が、ある有名な料理人を抱えたところが、始めて、その料理人の拵《こしら》えたものを食って見ると頗《すこぶ》る不味《まず》かったんで、大変小言をいったそうだ。料理人の方では最上の料理を食わして、叱られたものだから、その次からは二流もしくは三流の料理を主人にあてがって、始終褒められたそうだ。この料理人を見給え。生活のために働らく事は抜目のない男だろうが、自分の技芸たる料理その物のために働らく点からいえば、頗《すこぶ》る不誠実じゃないか、堕落料理人じゃないか。

信長の料理人は以後、本気で働かなくなり、「食うための職業」「ただ麵麭《パン》を得られれば好い」という料理人になっただろうと代助は推測する。そして食うためだけの職業なら料理人は誠実には働かない、そうだとしたら、むしろ働かない方がいいではないかということになる。代助は言う。「日本国中どこを見渡したって、輝いてる断面は一寸四方もないじゃないか。悉《ことごと》く暗黒だ。その間に立って僕一人が、何といったって、何をしたって、仕様がないさ」「自分の事と、自分の今日の、ただ今の事より外に、何も考えてやしない」「日本は西洋から借金でもしなければ、到底立ちゆかない国だ。それでいて、一等国を以て任じている」。さらに言う。「何故働かないって、そりゃ僕が悪いんじゃない。つまり世の中が悪いのだ。もっと大袈裟にいうと、日本対西洋の関係が駄目だから働かないのだ」と誇大化して自説を強調する。食うに困らない「高等遊民」の高みからのロジックである。ここから代助の、すなわち漱石の日本批判、文明批評が始まる。

むろん代助イコール漱石ではない。漱石がいちばんこだわったのは、やはり戦争だろう。「一等国」意識は、日露戦争での勝利と深くかかわる。漱石には、日本の一等国意識はどうにも受け入れがたかった。漱石は醒めた目でこの国を凝視している。平和への希求は声高なものではないが漱石の核のひとつである。すこし漱石の国家観とその周辺を探ってみる。

●日本は一等国か

汽車のなか、日本の国が「亡びるね」と言い放った『三四郎』広田先生の言葉がよみがえる。あのとき広田は、三四郎が熊本から出て来て帝大に入ることを知って言った。「熊本より東京は広い、東京より日本は広い。日本より…、頭の中の方が広いでしょう。囚われちゃ駄目だ。いくら日本のためを思ったって贔屓《ひいき》の引倒《ひきたお》しになるばかりだ」。これは、広田が漱石の代弁者だと言われることともかかわって重要な指摘である。居丈高に日本は一等国だという者がいるが、その「一等国」日本よりも、人間の「頭の中」の方が広い＝偉大だという。「囚われちゃ駄目」もまた、「一等国日本」に対置して使われる。主観的な「贔屓の引き倒し」をも牽制する。漱石は、戦争勝利国として国民のなかに自国を過大評価する雰囲気がつくられていくことに対しては警戒していたということだろう。民族主義的な雰囲気に漱石はおおむねなじまなかった。「亡びるね」は三四郎には過激な発言であり、読者も驚く。広田は、国家よりも人間のほうが大事だし偉大であるという、ささやかながらも人間の尊厳を宣言している。なんでもない警句のように見せかけながら漱石は大事なところに釘を刺している。言い換えれば、戦争をする国家よりも三四郎たち若者こそが希望だと言外に言っているのだろう。

さらに日露戦争の勝利にわく日本への懐疑的な視点も『三四郎』にはある。例の汽車で会って一つ蒲団で過ごす女性と、同じ列車に乗っていた「田舎者の爺さん」の語る話に耳をかたむければ、納得がいくはずである。汽車の女は、夫が日露戦争の時に激戦地旅順に行ったが、結局は行方不明となり帰ってこないので子供を育てるのに苦労している。国民にとって戦争が一等国日本とつながるものでないことを漱石は女を借りて言い切る。汽車の「爺さん」も息子をこの日露戦争で死なせているのだ。そして言う。

「一体戦争は何のためにするものだか解らない。後で景気でも好くなればだが、大事な子は殺される、物価《しょしき》は高くなる。こんな馬鹿気たものはない。世の好い時分に出稼ぎなどというものはなかった。みんな戦争の御陰だ」

一九〇六年には、前年に終わった日露戦争後の不景気のなかで、「東京の市電、電車賃を四銭均一に値上げすることが認可される。九月五日、東京市民は値上げ反対運動を起し、日本橋・神田付近で半ば暴動化する」(『漱石研究年表』)が、漱石も値上げに反対なのである。この件について書いた私信が残っている。それによると、漱石自身が反対運動に直接加わったと「都新聞」が報じたという。だが漱石は、実際の行列(デモ)には参加していない。とはいえ、社会主義者の故堺利彦などといっしょにされても自分は驚かない、と書いている(『全集』第一四巻)。勤労大衆にとっての四銭(封書三銭、風呂屋二銭五厘か三銭の時代)が決して安いものではないことを漱石は知っていた。庶民的感覚を漱石は終生持ち続けていた一例になる。

次のような妻の父への手紙も残されている。「カール・マークスの所論の如きは単に純粋の理屈としても欠点これあるべくとは存じ候らえども、今日の世界にこの説の出ずるは当然の事と存じ候」(一九〇二年。岩波文庫『漱石書簡集』)。『二百十日』(一九〇六年)の主人公圭さんが「仏国の革命なんてえのも当然の現象さ。あんなに金持ちや貴族が乱暴をすりゃ、ああなるのは自然の理屈だからね」と言い、つけ加えて「文明の革命さ…血を流さないのさ。…社会の悪徳を公然商売にしている奴等さ、…どうしても叩きつけなければならん」と息巻くのとつながる。西洋社会の近代の出発を見聞してきた漱石だからこその言であろう。「血を流さない」にも留意しておきたい。『三四郎』以外にも、漱石が、小説で戦争に対する態度を明確にするのは、まず、朝日新聞入社以前の初期短編『趣味の遺伝』（一九〇六年）である。日露戦争に勝利して、中国の戦場から兵士たちが帰国。その凱旋を新橋駅で迎える人たちを描いているなかで、小説の主筋とは関係がないものの次のような情景を点描する。凱旋兵士のなかの髭武者の軍曹と、彼を迎えた老母とが会うところである。

どこをどう潜り抜けたものやら、六十ばかりの婆さんが飛んで出て、いきなり軍曹の袖にぶら下がった。…この時軍曹は紛失物が見当ったという風で上から婆さんを見下す。婆さんはやっと迷児を見付けたという体《てい》で下から軍曹を見上げる。やがて軍曹はあるき出す。婆さんもあるき出す。やはりぶらさがったままである。近辺に立つ見物人は万歳々々と両人を囃したてる。婆さんは万歳などには毫も耳を借す景色はない。ぶら下がったぎり軍曹の顔を下から見上げたままわが子に引き摺られて行く。

婆さんには、歓呼の「万歳などには毫も耳を貸す景色はない」のである。お偉方の凱旋風景とは無縁に、自分の息子だけを追う「婆さん」の姿に焦点を合わせて描写する漱石の民衆的視点は確固としており、つけ加えることは何もない。『三四郎』の列車の爺さんは「大事な子は殺され」ており、息子の腕にぶら下がることもできない。軍曹の母親が、四銭の電車賃にも事欠く人と同じ階層の人であることを漱石は感じとることができる人であった（軍曹は下士官ではあるが）。

ただし漱石が、戦争そのものを糾弾するとか、反戦的言辞を明確に表明していないことも確認しておかねばならない。漱石の文学に、反戦平和を旗印にしたものはない。それを期待して読むべきではない。日清戦争以後の日本国の進もうとしている方向に漱石は懐疑的であった。したがって朝鮮から中国大陸へむけて植民地支配の野望を明確にして富国強兵を国是にするのを、しらけた感じでみていたわけだが、それ以上でも以下でもない。そのことは以後の漱石の一九一六年の死まで続く基本的姿勢である。

『趣味の遺伝』と同じ一九〇六年に発表された『草枕』も、戦争が影を落としている。

ヒロインの那美さんが、日露戦争で中国への出征を控えた従弟の久一と老人と三人で話しあっているところの会話を引いてみよう。

那美「久一さん、軍《いく》さは好きか嫌いかい」

久一「（戦争に）出て見なければ分らんさ。苦しい事もあるだろうが、愉快な事も出て来るんだろう」

那美「御前も死ぬがいい。生きて帰っちゃ外聞がわるい」

老人「そんな乱暴な事を―まあまあ、目出度凱旋をして帰って来てくれ。死ぬばかりが国家のためではない。わしもまだ二三年は生きるつもりじゃ。まだ逢える」

戦争の良し悪しを漱石は並列的に書き綴っており、三人三様の価値観を連ねている。どちらに傾くわけではない。これを微温的だと好戦派読者は言うだろうし、反戦派も同じ思いを口にするのではないか。だが漱石のバランス感覚は、このあたりにあり、これ以上、どちらにも傾かないのが漱石の漱石たる所以であろう。漱石を読む場合、いわば読み手に都合のよい「いいとこ取り」に傾きすぎてはよろしくない。時に揺れることはあったにしても、二〇世紀初頭に漱石のようなバランス感覚が、国民全体のなかで定着していったなら、三〇年後の超国家主義的風潮はつくられなかったろう。それにしても「死ぬばかりが国家のためではない」という台詞を軍国主義時代になってからの支配層はどのような思いで読んだのだろう。

●外発的と内発的開化

一等国になったと熱くなっている人たちを、冷徹にみつめる代助や『三四郎』の広田先生の根拠となる思想や心情はいかなるものか。この国が「亡びるね」という危機感をもたせたものは何なのか。漱石自身の考察を論理立ててまとめて説いているのは、一九一一年に和歌山で講演した『現代日本の開化』である。漱石論のなかでは重要な発言なので解明しつくされている感はあるが、やはり省略はできない。漱石が全著作で展開する文明論、社会観、日本論、世界観の土台の認識が、漱石的感性と論理で述べられている。多くの漱石論で必ず引用される中心部分は次の一節である。

西洋の開化は内発的であって、日本の現代の開化は外発的である。

漱石作品を読んだ者は、このフレーズから生まれる思想と感性にいたるところで触れることになる。明治維新期から、日露戦争が終わる一九〇五年あたりまでの四〇年くらいを見通しながらの発言である。西洋の開化は産業革命後の必然的で内発的なものだが、日本現代（明治期）の開化は外発的である。イメージとしては、明治維新で日本旧来のほとんどすべてが短期間のうちに一新されたが、その多量さをひとまず横において、内面部分の成熟度とその質を問題としている。漱石の講演にもう少し耳を傾けよう。

一言《いちごん》にしていえば開化の推移はどうしても内発的でなければ嘘だと申上げたいのであります。…日本の開化は自然の波動を描いて甲の波が乙の波を生み乙の波が丙の波を押し出すように内発的に進んでいるかというのが当面の問題なのですが残念ながらそう行っていないので困るのです。…新しい波が寄せる度《たび》に自分がその中で食客《いそうろう》をして気兼をしているような気持になる。新しい波はとにかく、今しがた漸くの思で脱却した旧い波の特質やら真相やらも弁《わきま》えるひまのないうちにもう棄てなければならなくなってしまった。食膳に向って皿の数を味い尽す所《どころ》か元来どんな御馳走が出たかハッキリと眼に映じない前にもう膳を引いて新らしいのを並べられたと同じ事であります。こういう開化の影響を受ける国民はどこかに空虚の感がなければなりません。またどこかに不満と不安の念を懐《いだ》かなければなりません。それをあたかもこの開化が内発的でであるかの如き顔をして得意でいる人のあるのは宜《よろ》しくない。…虚偽でもある。軽薄でもある。…それを敢《あえ》てしなければ立ち行かない日本人は随分悲酸な国民といわなければならない。

巧みな比喩と怜悧な論理である。内発的な発展を、という漱石の持論は、とりわけて目新しい主張ではない。だが急いだ開化、無理をした欧化と近代化、さらには国民の犠牲の上で大陸への侵略的性格をもった富国強兵という国策に対して、漱石には違和感があった。西洋のものを鵜呑みにして消化不良をおかしている現状に冷静に対処して、もっと国民本位の内発性をもたせなければならないと考えた。日清・日露戦争の国民生活への圧迫を懸念する思いも強かった。漱石はすでにイギリス留学中の日記に次のように書いている。

日本は三十年前に覚めたりという。しかれども半鐘の声で急に飛び起きたるなり。その覚めたるは本当の覚めたるにあらず。狼狽《ろうばい》しつつあるなり。ただ西洋から吸収するに急にして消化するに暇《いとま》なきなり。文学も政治も商業も皆然《しか》らん。日本は真に目が醒《さめ》ねばだめだ。（一九〇一年三月一六日　ロンドンにて（『漱石日記』）

さらに厳しい批判の眼をもっていたことが自筆メモに残されている。村岡勇編『漱石資料―文学論ノート』を読み解いた篠田浩一郎の「〈文学論〉現代にも通じる漱石の文明批評」には次のようにある。いささかの表記変えをしての部分引用をする。

（今日ノ日本人）…政治ニ学問ニ風俗ニ、アラユル方面ニ向ツテ…西洋人ノ権威ニ支配セラレツツアルナリ。人ハ言ウ…古来未ダカツテ外国ニ向ツテ膝ヲ屈シタルコトナシト。余ヲモツテコレヲ見レバ日本人ホド膝ヲ屈シタル国民ハナシ…維新後ハ全然西洋ニ膝ヲ屈シタリ。独立ハ表面ノミ。…吾ガ日本人ハモツトモ奴隷的根性ニ富メル者ナリ。モツトモ自尊心ニ欠乏セル者ナリ。…人ノ造リシモノ、人ノ考エタルコトヲ移植シテ用ヲ済マシタル国民ナリ。（一九〇二年）

「文芸」「政治」「学界」「一般日常ノ嗜好」すべて「独立ノ気風」がないとまで言いきっている。いささか国粋的なものに傾斜する危険なしとはしない感想なのは気になるが、日本の文明・文化、いや日本の開化のあり方と、その従属性に対する本質的な批判になりえていよう。

漱石は、産業革命後のイギリスの負の部分にも眼を閉ざしているわけではないが、留学した国の活気ある様子を思い、しかも時間をかけて熟成させてきた経緯を知るにつけ、日本の付け焼き刃が気になって仕方がなかった。だが漱石は、イギリスで見てきた資本主義的発展に、無理をしてでも追いつこうとする日本「国家」に対抗、対決するところへは向かわなかった。漱石自身、日本の現に進行しつつある「開化」の現実に向かいあう対案なり対立軸となる理論をもてなかった。「内発的」なものを具体的に指摘し、理論化し実現にむけての社会的な力に転化していく契機も力もなかった。漱石は思想家や政治家や実業家ではなく、むろん社会運動家でもなく、文士であった。考えるほどに逆に漱石の精神は傷つき閉塞感に陥らざるをえなかった。

精一杯の「内発性」をさぐりはしたが、その具体策はなかった。漱石の内発性への希求は、いつまでも同じところをぐるぐる廻っており、それ以上の論理を生み出せていないのは、漱石を読めばわかる。全集をひもといてもどこかで立ち止まってしまっている漱石を見ることができる。進めないのである。依拠する進取的文明論や、その論理を実現していく社会的政治的条件が、この国には育ってなかった。

次のような微温的なしかし真摯な姿勢が漱石の念頭を去来した事実も知っておきたい。

　日本は過去において比較的に満足なる歴史を有したり。比較的に満足なる現在を有しつつあり。未来は如何《いかが》あるべきか。…黙々として牛の如くせよ。…真面目に考えよ。誠実に語れ。（一九〇一年三月二一日『漱石日記』）

ここに漱石の限界がある、などとの評論家的批判は不毛である。漱石は必死に外発的開化の脆弱性を考え、説いた。だが一人で背負えない国家的課題であって、それ以上には踏み出せない。だから繰り返しになってしまう。しかし苦闘する漱石の姿、すなわち痛ましいほどに必死な漱石が、読む者にみえてくるのは確実であり、だからこそ漱石は時代をこえて魅力的なのである。

『それから』の三年後に書かれた『彼岸過迄』のなかに、漱石は自分の和歌山での講演のことをわざわざ虚構小説のなかに引用している。「或る学者の講演を聞いた事がある。その学者は現代の日本の開化を解剖して、かかる開化の影響を受けるわれらは、上滑りにならなければ必ず神経衰弱に陥《おち》いるに極っているという理由を、臆面なく聴衆の前に暴露した」。小説のなかにまで漱石自身のナマの主張を出してくるほど、漱石は強いこだわりを持ち続けたのである。

漱石の全小説は、跛行《はこう》的に発展してきた危なっかしい日本近代文明（社会）への危惧を土台として書かれた。そして、時代そのものと、この時代をまっとうに生きようとする人（主に知識人）の理念と実生活が、どのように乖離《かいり》したかを描きだした。その落差に苦しむ人たちの内面が描写される。広田先生や、もっとあとの『行人』の一郎や『こころ』の先生等々である。当時の皮相な価値観に対しては鋭い批判となる。その典型にして急先鋒的位置にあるのは、結局のところ『それから』であり、それを具象化したのが代助ということになろう。

見てきたように、代助の場合、時代のレベルと代助の理念は一致点を見出すことができなかった。代助の愛の誠を、日本の社会は認める度量をもたなかった。エリートでありながらも平均日本人的な発想しか出来なかった平岡は、代助の不倫を長井家に持ち込んで、何か実利的なものをせしめることくらいしかできない凡俗の小物であった。そのこともあって、代助は急遽「大きな社会」と戦わざるをえなかった。「姦通」擁護といったことではない。愛の真実を認めようとしない既成道徳や薄っぺらな社会通念、そしてそのうしろにある閉塞的、ないしは特権階級を主人公にしている文明そのものに対しての闘いである。見よう見まねの外発的な秩序への挑戦でもある。むろん代助イコール漱石ではないのだが。

一人の女性との愛を貫きたい個人の問題ではある。その愛が貫けないのが明治日本であった。「姦通」との汚名が冠せられる。それ自体を正当化するのは難しい。障害となる個人的なものをのりこえても、次々と押し寄せてくる力がある。一人の女性との愛の可能性の追求は、明治社会全体の問題と深くかかわるものとなってしまう。代助と三千代なにがしという個人の問題をはるかに超えた「大きな社会」を漱石は視野に入れざるをえないところへいく。

代助や漱石の問題意識と課題は、二一世紀の、この国の課題でもあり続けているように思える。そのことは後述もするが、本質的には未解決のまま残されている。

第三章『門』

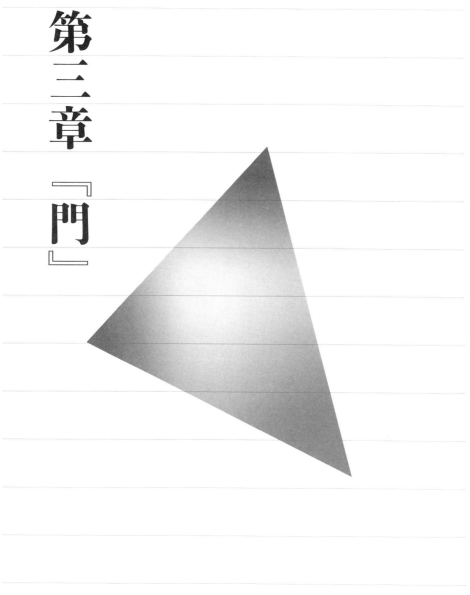

●冒頭の明るさ

（あらすじ）

野中宗助《そうすけ》は親友安井の恋人御米《およね》を奪った。失意の安井は満州へ去り、宗助は下級官吏になって御米と所帯をもつ。学資のない宗助の弟小六《ころく》が居候する。安井が現れるかもと知って、宗助は御米にも言わずに逃げるように宗教の門を叩く。安井は何も知らずに去った。宗助と御米は小さな幸せを守って生きていくだろう。

『それから』の代助は、家から義絶され、社会から放逐され、その高い代償をはらって、やっと「自由」を得る。言葉の本当の意味で、彼は解放された。代助も、そして作者漱石も高揚し、小説の仕上がりも緊迫感に満ち、矜持があふれていた。三千代も病床にありながら、生きる決意をもって病魔と闘っている。代助の「職業を探して来る」にも決死の気概がこもっている。だが見てきたように『それから』のラストは暗い。それは代助と三千代の行く手の暗さを暗示するものでもあった。

『それから』の次に書かれるのが『門』（一九一〇年）。代助と三千代のあとを継ぐ宗助と御米《およね》のそれからの年月が描かれる。だが漱石は、『それから』以上に暗澹たるものにはしないとの構想を、執筆時点で持っていたように思われる。その決意性は、『門』の冒頭部分で、読みとることができる。宗助と御米《およね》の夫婦の描写から始まる。

宗助は先刻《さっき》から縁側へ坐蒲団《ざぶとん》を持ち出して日当りの好さそうな所へ気楽に胡坐《あぐら》をかいて見たが、やがて手に持っている雑誌を放り出すと共に、ごろりと横になった。秋日和と名のつくほどの上天気なので、往来を行く人の下駄の響きが、静かな町だけに、朗らかに聞えて来る。肱枕《ひじまくら》をして軒から上を見上ると、奇麗《きれい》な空が一面に蒼く澄んでいる。その空が自分の寐《ね》ている縁側の窮屈な寸法に較《くら》べて見ると、非常に広大である。たまの日曜にこうして緩《ゆっ》くり空を見るだけでも大分《だいぶ》違うなと思いながら、眉を寄せて、ぎらぎらする日を少時《しばらく》見詰めていたが、眩《まぶ》しくなったので、今度はぐるりと寐返りをして障子の方を向いた。障子の中では細君が裁縫《しごと》をしている。「おい、好い天気だな」と話し掛けた。(傍線は筆者)

「朗らか」をはじめ、「明」がイメージできる部分をチェックすると一〇を超える。「縁側の窮屈な寸法」「障子の方を向いた」という「明」のイメージとは逆な感じもあるのが気になるが、まずは、これだけ集中しているのは、漱石が、「明」を意識しながら、『門』をスタートさせる意図があったとみて間違いない。だが、明るさが持続するとはいいがたい。

●子供のいない夫婦

宗助は東京の役所に勤める平凡な中年男、いや、結婚して六年、まだ三〇歳に手が届くかどうかという小役人である。若さや覇気に乏しく、「出勤刻限の電車の道伴《みちづれ》ほど殺風景なものはない」と思いつつ、「朝出て四時過に帰る」平凡極まりない生活を繰り返している。一〇〇年後にも見られるサラリーマンであり、現代でいえば主権者たることを意識しない一般的勤労者である。宗助は陽の当たりにくい「崖下」の借家に、妻の御米《およね》と二人でひっそりと世間から隠れるように暮らしている。「崖下」に対して「崖上」の家が出てくる。宗助の大家で金満家である。「高等遊民」坂井、陽気な子だくさんで宗助とは対照的である。

宗助の家は「崖下」であるから、日当たりは悪い。言葉をかえれば「日陰」である。だが、『門』は全体が平易な文体でわかりやすいこともあって、「崖上」「崖下」はかなり目立った対比であるはずなのに、気にせずに読みすすめることができる。シンボリックな意味を持ちつつ自然体でリアルな描写でもある。

宗助には高等学校（一高）にいっている弟の小六がいる。叔父の佐伯家に預けて、学費を出してもらっているが、それは宗助の死んだ父親が預けた遺産がほどほどにあるからである。だが叔父の家から、もう学資は出せないと言われており、そうなると小六は退学しなければならない。叔父の家での居候もできなくなり、まだ学校に籍を残したまま、兄宗助の家にころがりこんでくる。宗助は佐伯に、親が預けた金額はまだ残っているはずだから小六の面倒を見続けてくれと交渉はしているものの、佐伯からのよい返事はない。学費の工面ができない宗助は思案にくれる。御米にも夫の安月給のなかから小六の学費をやりくりできるはずがない。

それでも野中家には、風呂はないが、「下女」がいて、三畳の部屋で寝起きし台所の手伝いをしているというようなことを、読む者は念頭に入れておかねばならない。漱石の新聞連載小説の主人公でもっとも生活的に逼迫《ひっぱく》しているのが『門』の宗助と御米であろうが、「下女」（女中）をおく程度の階層であるのは知っておいてよい。下層のその日ぐらし的な貧乏さとは少し違う。漱石作品は、カネや物価の具体的数値がよく出てくるのを特徴としているが、下女たちの具体的な賃金などはまったく書かれていない。下積みの女性達の経済状態には、漱石自体が無関心であったのだろうが、例外があることは後述する。

宗助、御米には子供がいない。「夫婦は和合同棲という点において、人並以上に成功したと同時に、子供にかけては、一般の隣人よりも不幸であった。それも始から宿る種がなかったのなら、まだしもだが、育つべきものを中途で取り落したのだから、更に不幸の感が深かった」。最初は妊娠五か月での流産、二度目は月足らずで「一週間の後、二人の血を分けた情の塊は遂に冷たくなった」。三回目は死産で「生れたものは肉だけだった」。不幸の連続に打ちひしがれた御米は易者の元へ出かけ、子供が授かるかどうかを問うた。

「貴方には子供は出来ません」…「何故でしょう」…「貴方は人に対して済まない事をした覚がある。その罪が祟《たた》っているから、子供は決して育たない」…御米はこの一言に心臓を射抜かれる思があった。…御米の宗助に打ち明けないで、今まで過したというのは、この易者の判断であった。

宗助は床の間に乗せた細い洋燈《ランプ》の灯が、夜の中に沈んで行きそうな静かな晩に、始めて御米の口からその話を聞いたとき、さすがに好い気味はしなかった。…「その後もその占の宅へ行くのかい」「恐ろしいから、もう決して行かないわ」「行かないがいい。馬鹿気ている」。宗助はわざと鷹揚な答をしてまた寐てしまった。

●「赤」のイメージ

易者から御米はずばり「貴方は人に対して済まない事をした覚がある」と指摘される。「済まないこと」、すなわち御米はどのような「咎」があるのか。御米と宗助の過去が語られる。すでに後半、全二三章中の第一四章だけが昔の苛酷な愛の物語である。読者は、『それから』の愛の三角が、『門』では、どのような経緯だったのかを早く知りたかった。

「相当の資産のある東京ものの子弟」であった宗助は、京都の大学（京都帝大）に学ぶ軽快で楽天的な男であった。多くの友人のなかで安井と懇意になって青春を謳歌する。「彼は安井の案内で新しい土地の印象を酒の如く吸い込ん」で「ただ洋々の二字が彼の前途に棚引いている気がし」ていた。学年が終わり、安井は郷里の福井へ帰っていった。二か月後の秋、二人は京都で再会する。そこで安井から「宗助は突然御米に紹介されたのである」。「これは僕の妹だ」。だが「妹だといって紹介された御米が、果して本当の妹であろうか」との疑いをもちつつも、宗助と安井は、以前にもまして友情を深めていき、男ふたりのいるところに常に御米の姿があった。

事は冬の下から春が頭を擡《もた》げる時分に始まって、散り尽した桜の花が若葉に色を易《か》える頃に終った。凡てが生死《しょうじ》の戦《たたかい》であった。青竹を炙《あぶ》って油を絞るほどの苦しみであった。大風は突然不用意の二人を吹き倒したのである。二人が起き上がった時は何処《どこ》も彼所《かしこ》も既に砂だらけであったのである。彼らは砂だらけになった自分たちを認めた。

自然現象のなかに若いふたりを置く形にしての、半分は抽象的な、そして半分は鮮やかに二人がただならぬ男女の関係になる経過が叙述されている。リアリズム文体ではないが、みごとな完成度をもつ文章である。だが『門』全体の文体とは少し異質かもしれない。読む者すべてが「大風は突然不用意の二人を吹き倒した」の抽象のなかに、その具体的意味を了解できる。かくして、

彼らは親を棄てた。親類を捨てた。友達を棄てた。大きくいえば一般の社会を棄てた。もしくはそれらから棄てられた。学校からは無論棄てられた。ただ表向だけはこちらから退学した事になって、形式の上に人間らしい迹《あと》を留めた。これが宗助と御米の過去であった。

二人は世を捨てたが、生きていかねばならなかった。広島に職を得て、福岡を経由して東京に

職と居を構え、京都の時代から六年を経たが、二人は陽の当たるところへは出てくることができない。そうしようとは思っていない。陽の当たらぬ「崖下」の借家に身をひそめているのは、大家である坂井家が、陽の当たる崖の上にあるということで、実際の「崖下」との意味を持ちつつ、日陰者的な比喩の意味も持つ。コキュ（cocu＝寝取られ男）たる傷心の安井もまた大学を中退し、落魄《らくはく》の身を満州に渡っていったと、宗助は風の便りで知る。そのことは宗助の気持ちをどんよりさせている。内地で食い詰めたりした者が、一旗揚げようと「満州」に落ちていかねばならぬことの意味を宗助は知っている。それを漱石はむろん意図的に使っている。ただし漱石はみずからの満州紀行である『満韓ところどころ』で、大連や旅順などをまわっているが、日本の植民地支配への批判的な言葉は出てこない。

御米との間に安井のことは一切話題にはならぬが、御米もまた過去の傷を背負い続けており、三度の流産には、みずからの罪の意識と結びつけてのおののきがある。だが『門』の宗助と御米は、代助と三千代のその後と同一ではない。それに『門』における愛の三角は、正三角形ではない。短期間のうちに宗助と御米は三角の気分を脱して、確固たる「二項結合」の愛に成長変質していったように思える。御米の気持ちは早々と宗助に傾斜したと考えてよい。罪の意識は以後ずっと残るが、愛そのものは、御米がいつまでも安井を思い続けたとは考えにくい。その点では、『それから』のトライアングルと『門』の三角は、同じ不等辺であってもかなり様相なり内実が違う。

ともあれ読む者は、『それから』との連続性のなかで『門』を興味津々で読む。漱石も、むろん『三四郎』からの、トライアングルの愛がどうなるかを描きながら、当然「今日の四角は明日の三角にならないとも限らないし、明日の三角がまたいつ円く崩れ出さないともいえない」(『現代日本の開化』)を、それぞれにあてはめ、その愛の姿の消長を書きこんでいる。『門』には『それから』の連続性を表す次のような個所があることも知っておきたい。安井が御米をともなって京都に戻ってきて「これは僕の妹だ」と宗助に紹介するところである。

宗助は極めて短いその時の談話を、一々思い浮べるたびに、その一々が、殆んど無着色といっていいほどに、平淡であった事を認めた。そうして、かく透明な声が、二人の未来を、どうしてああ真赤に、塗り付けたかを不思議に思った。今では赤い色が日を経て昔の鮮かさを失っていた。互いを焚《や》き焦《こ》がした焰《ほのお》は、自然と変色して黒くなっていた。(傍線は筆者)

ここは、『それから』のラストの「赤」いイメージの引き写しである。『それから』から『門』への連続性を漱石がいかに明確に意識していたかを証明してもいる。そして、その赤が、今は「変色して黒く」なっていることも知らねばならない。『門』冒頭の明るさをそのままでは維持できる条件がないのである。

●参禅する宗助

世間との交わりを最低限にして「崖下」にひっそりと生きる二人であるが、たまたま「崖上」に邸宅を構える大家の坂井と懇意になる。坂井は帝大を出ており、家作や借地料からの収入だけでも充分に生活していける。「高等遊民」という点では代助と似るが、楽天的で明るいところは似ても似つかない人物である。そのうちに富裕な坂井と談話するのを宗助は楽しむようになる。子供がたくさんいるが、坂井の鷹揚さと客あしらいのうまさが宗助を退屈させない。世間が狭い宗助が、自家以外で居場所のあるほとんど唯一の場所となる。日曜日に、家賃を払いにわざわざ宗助は坂井の家に出かける。談論風発である。宗助は、自分が父の形見のようにして持っていた酒井抱一《ほういつ》の屏風《びょうぶ》絵を、弟の学資のために三五円で売った話をすると、それを八〇円で買ったと大家が応じたりする。抱一画は宗助の父の形見とあるから、ここでも宗助の出自が元は旧家の上層であったことがわかる。この抱一画のエピソードは何度読んでも印象に残る不思議な魅力をもっている。

抱一画の価格が古道具屋でつり上げられていく件《くだり》は志賀直哉の『清兵衛と瓢箪』(一九一三年)を思い出させるが、志賀作品は後発であるから、『門』のエピソードとは無関係であろう。酒井抱一(一七六一～一八二八)は、大名家に生まれ、尾形光琳に連なる琳派の代表的絵師になり、現代では『夏秋草図屏風』が重要文化財にまでなっている。漱石は『虞美人草』では、また別の抱一画をクライマックスで使っている。「虚栄の毒を仰いで」自害したヒロイン藤尾の死骸の横に

「逆立《さか》てた」のが抱一描くところの屛風図である。「花は虞美人草である。落款は抱一である」。美術に堪能だった漱石は抱一が好きだったようだ。美術史家の新開公子は、死者の枕元に屛風を逆立てする風習は知らないとしつつ、琳派には「芥子《けし》図」はたくさんあるので、漱石が芥子（＝虞美人草）の屛風を見た可能性は高いと言っている。森田草平は、そもそも名門旧家だった夏目家には抱一の絵が所蔵されていたと語っているようである。

漱石は、東西の美術に造詣が深く、イギリス留学時代に鑑賞した浪漫派のターナーやラファエル前派のロセッティの絵などには愛着を感じたようで、『坊っちゃん』に出て来る赤シャツや野だいこのいう「ターナーの絵」は、絵そのものも特定できるという（佐渡谷重信）。晩年には書とともに南画を漱石みずからが描いているのも知られている。

宗助が大家の坂井を訪ねて対座したときに、弟の小六を「どうです、私の所へ書生に寄こしちゃ」とうれしい提案をしてくれる。学業を途中で放棄してエリートからドロップアウトした宗助にしてみれば、みずからのことはともかく小六だけはどうにかして帝大に進学させたいと思っているから、坂井の誘いは思い掛けない喜びである。余分ながら、宗助自身にエリートへの上昇志向はないが、弟を学士として世間に出してやりたいとの気持ちがあることには留意しておこう。

だが突然、坂井の弟が満州、蒙古あたりから、坂井家に近々やってくるという話が出てくる。なぜか緊張する宗助。「いや外に一人弟の友達で向から一所に来るはずになっています。安井とかいって私はまだ逢った事もないのですが、弟が頻《しきり》に私に紹介したがるから、実はそれで二人を呼ぶ事にしたんです」。一瞬にして宗助は凍りつき、小六の話は脳裏から飛び去っていく。「宗助はその夜蒼い顔をして坂井の門を出た」。あの安井が自分たちの前に現れるかもしれない。もし会うことになったらどうするか。宗助は御米に相談する勇気がない。愛するが故なのか、苦悩を共有するほどの一体感を持てない夫婦なのか。安井に会ったらどう弁明するか、懊悩する宗助は、ただちに御米には何も説明せずに鎌倉円覚寺の塔頭に参禅することを決意する。一週間か一〇日、家を空けて禅寺に籠もれば、その間に安井は、旅行者として坂井宅に寄り、また大陸に戻っていくだろう。安井への「背信」を考えつつ、困難から逃げる、しかし御米には心の内を見せようとしない。

そんな座禅だから、身が入るわけがない。僧侶から「道のためだから」と言われ、「父母未生《ふぼみしょう》以前本来《いぜんほんらい》の面目《めんぼく》は何」かを課題として与えられる。宗助は「自分というものは必竟《ひっきょう》何物だか、その本体を捕まえて見ろという意味だろうと判断」するものの、自分には雑念があるわけで、悟りへの道とはほど遠い。結局、心の整理はつかずに、宗助は寺を去り帰路につく。この小説のテーマともかかわる有名な件《くだり》となる。

自分は門を開けてもらいに来た。けれども門番は扉の向側にいて、敲《たた》いても遂に顔さえ出してくれなかった。ただ「敲いても駄目だ。独りで開けて入れ」という声が聞こえただけであった。…彼自身は長く門外に佇《たたず》むべき運命をもって生れて来たものらしかった。…彼は前を眺めた。前には堅固な扉が何時までも展望を遮《さえ》ぎっていた。彼は門を通る人ではなかった。また門を通らないで済む人でもなかった。要するに、彼は門の下に立ち竦《すく》んで、日の暮れるのを待つべき不幸な人であった。

宗助の心は整理がつかないままであり、いわば元のままであるが、帰ってきた崖下のわが家に何も変わったことは起こっていなかった。御米はいつものように宗助の帰宅を迎える。大家の坂井に、それとなく尋ねてみると、安井はやってきたが、何事もなくまた大陸に帰っていったとのことである。安堵する宗助。だが安井もまたエリートコースからはずれて、いわゆる大陸浪人になっているのだ。宗助の思いは複雑である。

小六は坂井家書生となり、宗助は人員整理の対象からはずれて安堵する。昨日に続く今日があり、さらにまた平凡ではあるが明日は確実にやってくる。『門』のラスト部分である。

小康はかくして事を好まない夫婦の上に落ちた。ある日曜の午《ひる》宗助は久しぶりに、四日目の垢を流すため横町の銭湯に行ったら、五十ばかりの頭を剃った男と、三十代の商人《あきんど》らしい男が、漸く春らしくなったといって、時候の挨拶を取り換わしていた。若い方が、今朝始めて鶯の鳴声を聞いたと話すと、坊さんの方が、私は二、三日前にも一度聞いた事があると答えていた。「まだ鳴きはじめだから下手だね」「ええ、まだ充分に舌が回りません」。宗助は家へ帰って御米にこの鶯の問答を繰り返して聞かせた。御米は障子の硝子《ガラス》に映る麗《うらら》かな日影をすかして見て、「本当にありがたいわね。漸くの事春になって」といって、晴れ晴れしい眉を張った。宗助は縁に出て長く延びた爪を剪《き》りながら、「うん、しかしまたじきに冬になるよ」と答えて、下を向いたまま鋏《はさみ》を動かしていた。

秋日和の頃に始まった宗助たちの物語は、冬を越し何の変化もないように春を迎えた。だが、半年前の冒頭部分の明るさがかなり失われていることに注目しなければなるまい。とすれば『門』は、「明」から、かすかな「暗」への転換がポイントとなるように思える。「本当にありがたいわね。漸くの事春になって」「うん、しかしまたじきに冬になるよ」。この会話は、物事を相対化するものであって、春の到来をこそ喜ぶとか、無常や悲観の、そのどちらかを強調するものではない。希望でも絶望でもない。その皮膜にことごとしい理屈をつける必要はない。だが宗助が「下を向いたまま」で爪を切るという表現は意識的であり、爪切りは下向きでするものだろうといった理屈では、この場合、説明しきれない。

『門』は、『それから』の果敢な戦いの結果を、勝ちと負けを峻別して読者に提示しようとするものではない。人の生きる誠が、混沌としていることに、漱石は結論を見つけたかったように思える。宗助と御米は、喜びあふれる展望もないかわりに、もはや地を這うような苦痛もない。宗助が格闘して獲得したものは、春の次には冬が、しかしまた春はめぐるという、まっとうな自然の流転輪廻の摂理に合った生活そのものの姿であった。漱石は、そういうところに『門』でたどりついた、あるいは文学的に登りつめた。

生活に困らない上層的人物を登場させて小説を書いてきた漱石が、中心的長編小説で、たった一編だけ、未来の展望が保障されていない勤労庶民を描いた。それが『門』である。この事実を、漱石読者ははっきりと銘記しておかねばならない。『門』を、もし漱石が残さなかったなら、たとえ『明暗』に社会からあぶれたアウトサイダー小林をたしかな存在感をもって描いたとはいえ、漱石は、上層、上流、あるいは中の上の階層しか描かなかった作家として残ることになっただろう。『坑夫』のような例外はあるが、プロレタリアートではないにしても、持たざる階層のことを切り捨てる作家でなかったことは銘記しなければならない。しかも『門』における愛のトライアングルの行きついた先が、ささやかながらも安定した「二項結合」であったことも、多分、是とすべきことのように思える。ともあれ宗助夫婦のささやかすぎる安定を誰が指弾できるのか。人生とは、人間の本当の生活とは、これなのだと言われれば、反論などできないのではないか。セ・ラ・ヴィ（C'est la vie）＝これが人生なのだ。

そして同時に、『三四郎』のところですでに少し引用したが、『硝子戸の中』の最終部の一節が頭をよぎる。

まだ鶯が庭で時々鳴く。春風が折々思い出したように九花蘭《きゅうからん》の葉を揺《うご》かしに来る。猫がどこかで痛く噛まれた米噛《こめかみ》を日に曝《さら》して、あたたかそうに眠っている。先刻《さっき》まで庭で護謨《ゴム》風船を揚げて騒いでいた小供たちは、みんな連れ立って活動写真へ行ってしまった。家も心もひっそりとしたうちに、私は硝子戸《ガラスど》を開け放って、静かな春の光に包まれながら、恍惚《うっとり》とこの稿を書き終るのである。そうした後で、私はちょっと肱《ひじ》を曲げて、この縁側に一眠り眠るつもりである。

この文章は、漱石が『門』を書き終えて四年半後の漱石身辺雑記であり、もう残された命はあと二年弱なのだが、漱石が『門』以後の大病を経て達した『硝子戸の中』の心境は、「静かな春の光に包まれながら、恍惚《うっとり》と」するというものである。宗助、御米と漱石の間には、生活経済的安定度の差の大きさはあるし、宗助には「小供たちは、みんな連れ立って」という心やすまるバックはない。それでも宗助夫婦がたどりつくであろう地点は、漱石のこの『硝子戸の中』的な心象風景に通じるのではないか。それはむろん「則天去私」（小さな私を去って自然にゆだねて生きること＝広辞苑より）といった悟りに近い境地ではさらさらないであろうこともつけ加えておきたいのであるが。

●「他者を持たぬ」宗助と御米

『それから』の代助は、富国強兵でアジアの盟主たろうとする日本と日本人という価値観を抜け出して、あるいは、そういう価値観の世界から追い出されて、立身出世からドロップアウトすることで新しい生と生活を築く覚悟をした。代助と三千代の愛の前にたちはだかった障害の元をたどると、大きなものにぶつかる。したがって代助は「器械のような」「暗黒」な「大きな社会」の「すべてと闘う覚悟」をしなければならなかった。三千代も三千代なりに、死ぬかもしれない病をもちながら「覚悟を極め」た。

代助と三千代の志と「覚悟」が、どのように宗助と御米に継承されたか、あるいは何が堅持されなかったのか。理念的問題と現実的処世の問題をみる必要がある。その検証はむずかしいが、そのあたりを『門』のなかから探りださねばならない。

代助が「大きな社会」に代表されるものと、どうかかわったのかはむろんわからない。宗助から推測することになるが、宗助さえも、御米とのその後の数年間に何があったのか詳しくはふれられていない。だが書かれていないことは何もなかったのと同じではない。代助が大上段に振りかぶって「すべてと闘う覚悟」をしたにしては、宗助を見るかぎりでは、漱石が、代助のその後の「闘い」について不問に付した感じがする。宗助たちには生活をするための必死なあれこれはあったが、下級官吏という「職業」を探しあてた以外に、少なくとも「大きな社会」とのかかわりや闘いはなかった。

漱石の関心は、宗助と御米が、既成の社会から放逐されたあと、どう生きたかという生活の問題に集中している。宗助たちは、上昇志向もないかわりに、限りなく下降することもなかった。だが社会といかなる意味でも繋がろうとしなかったことは、代助の思いを裏切ったのではないか。大きなものに寄りかかるような不本意なことはしなかったものの、行く手をさえぎるものに果敢に向き合う姿勢が宗助にはない。

越智治雄は、宗助、御米が「彼らに取って絶対に必要なものは御互だけで、その御互だけが、彼らにはまた充分であった」と第一四章あたりの数行を引用しつつ、二人には「本質的な葛藤も生まれえないのである。言葉を換えれば、それは本質的な他者を持たぬことに等しい」（『漱石私論』）と断じているが、鋭い指摘である。宗助たちは世の中から捨てられたから、「社会の存在を殆ど認めていなかった」。それは、彼らが社会を見限ってしまったことを意味している。だが、何もしない生き方は代助がめざしたものを引き継いでいるとは思えない。

社会から見捨てられ、他方では、社会や世の旧弊のなかに生きる人々を拒否するかわりに、宗助と御米は自分たちだけの世界を見つけだした。『門』第一四章からいくつか羅列的に引用してみよう。

＊宗助と御米とは仲の好い夫婦に違なかった。一所になってから今日まで六年ほどの長い月日をまだ半日も気不味《きまず》く暮した事はなかった。
＊外に向って成長する余地を見出し得なかった二人は、内に向って深く延び始めたのである。
＊彼らの生活は広さを失なうと同時に、深さを増して来た。彼らは六年の間世間に散漫な交渉を求めなかった代りに、同じ六年の歳月を挙げて、互の胸を掘り出した。彼らの命は、いつの間にか互の底にまで喰い入った。

＊要するに彼らは世間に疎《うと》いだけそれだけ仲の好い夫婦であったのである。

ふたりが社会から疎外されるのと比例するかのように二人の親和の情は増していった。代助と三千代の愛と志を引き継いだ宗助と御米は、このような世界にたどりついた。ここには『それから』で提起された志が雲散霧消し、世の中との関わりを拒否した『門』の夫婦のプラスとマイナスの両方がある。確かなのは、二人だけの、小さなしかし確固とした愛の世界である。他者と繋がらずに、社会からみずからを疎外して生き延びる。そこに小さいながら確固たる愛の巣をつくる。愛のトライアングルを描いてきて、不等辺三角形の不安定な愛の形をくぐりぬけ、必死の思いでたどりついて築きあげた二項結合の強固な愛の世界がある。その小さな世界が漱石のラブストーリーの一つの帰結であり帰着点であった。

以後の漱石の不等辺三角形の愛の物語は、もはやそれらのバリエーションでしかない。深まりがありつつも、『三四郎』『それから』『門』の変奏曲をいかにかなでるか、トライアングルに、たとえば「嫉妬」や「孤独」といった新しい要素をどのように添加させるかということになる。それは漱石文学のさらなる達成には違いないし、とりわけ『明暗』は、日本近代のリアリズム文学のひとつの頂点となる作品であり、別格として除きたいが、愛のトライアングルという点にかかわっていえば、もはや大きなテーマ的進展はないといえよう。

代助の思い描いたものと宗助の現実の落差はどうなのか。たしかに宗助は、代助の大志を実現できなかった。前に立ちはだかる大きなものと正面から対峙しなかった。代助は「ちょっと職業を探して来る」と言ったが、宗助の到達はまさに「ちょっと」の程度でとどまった。上昇志向を投げ捨てたことは、それはそれで必然であるし、明治の社会に対してひとつの生きる姿勢を明確にしたのだから、その意味では、宗助は自分を曲げたりはしなかった。むろん妻となった御米と一緒に道を歩くことも投げ出していない。平岡が、子供の産めない身体になった三千代を口実に、放蕩に走るようなことも宗助にはなかった。したがって下級官僚としての身分を得て、愛する御米と「崖下」に安住の地を見つけようとした宗助は、代助の後身として、それなりにまっとうな道を見つけたことになる。漱石は、代助と三千代のその後の居場所をよくぞ探り当てたものだと思ってよい。明治という時代の、しかも閉塞した社会だから、ある意味では、堕落的上昇はしないという志をかたくなに貫いたのである。

だとしたら万々歳として宗助と御米の身の処し方を寿《ことほ》げばよいのだろうか。つつましやかな生活と落ち着いた愛情があればよいのか。そのあたりがいささか弱い。その弱さとなにか。

子供ができないものと御米は思い、宗助もそう考えている。だが、占い師の言葉に負けているようにも思える。不妊質だと医学的に宣告されたわけではない。御米の年齢はまだ三〇歳に届いていないはずである。編中、御米には「若い」という形容がされている。子供の生まれる可能性もゼロではないはずだ。そもそも金之助（漱石）は、父直克五一歳、母ちゑ四二歳の時の子である。一八六七年であるから明治と改元される以前にも、その程度の高齢出産はあった。それに子供がなければ不幸であると断定することもない。世の中には子供のいない夫婦も多い。二〇世紀の前半に生きる人であるならば、子供がどうしてもほしければ、下世話にいえば養子縁組みというのも一般的である。そのようにして血のつながりのない家族の絆というものを育み確立する道もあるというのが社会通念である。宗助と御米は、二人の生活の土台をどうするかをつきつめているようには思えない。そういう点では『門』は弱い。代助の死を賭けた闘いは、もっとひたむきであったはずである。だが宗助は前向きには受け継げなかった。それは宗助というよりも、漱石の問題であろう。『こころ』の先生夫婦も、養子をもらうという選択肢について、いっさい考慮していない。これも漱石にそのような発想がなかったからであろう。

●「大逆」事件

寄り道をする。『門』は一九一〇年六月一二日に連載を終えた小説であるが、漱石が最終回の原稿を書き終えたのは一週間前の六月五日とされる。その五日の新聞各紙は、幸徳秋水、管野スガが湯河原で逮捕されたことを報じていた。「大逆」事件のはじまりであり、社会主義者が一掃され、「冬の時代」が来ることになる。その予告と前兆であった。漱石は、秋水の逮捕の記事を「読んでから『門』を脱稿したらしい」(『漱石研究年表』)。秋水逮捕の記事から、漱石は「冬の時代」がやってくるかもとの危惧をただちに持つようなことはなかったろう。漱石は書斎での原稿執筆生活をしながら、弟子たちに向かってアンテナを張っていたにはせよ、あるいは朝日新聞社とつながっていたにはせよ、漱石はナマの社会と直接かかわっていたわけではない。何よりも漱石は小説家なのだ。どれだけ類い希な対社会への知性と感性をもっていたにせよ、そしてそれなりの歯ぎしりするような思いはあったにせよ、世の中に対してはやはり傍観者であることしかできない。

漱石は「社会主義者」秋水にそれなりの関心をもっていた。啄木や永井荷風ほどの政治に向かう意識がないだけである。『それから』では、「幸徳秋水という社会主義者を政府がどんなに恐れているか」について「秋水の家の前と後に巡査が二、三人ずつ昼夜張番をしている。一時は天幕《テント》を張って、その中から覗《ねら》っていた。秋水が外出すると、巡査が後を付ける。万一見失いでもしようものなら非常な事件になる」とからかっている。このことは朝日新聞に載った引き写しであるらしい。新聞にパスしたものなら、まずは検閲でひっかかることはない。だが岩波文庫版『それから』の「注」によると、「新宿警察では秋水一人のために月々百円を使っている」と漱石が小説中に書いていることには裏が取れていないとしている。巷間ささやかれていることを漱石は連載小説に点描したのだろう。漱石はユーモアをまじえて書いており、秋水に好意的とはいわないまでも、嫌悪感は皆無である。百円云々には「お上」を笑っている雰囲気のほうが強い。漱石が国家権力から威圧を感じていないことは、『それから』ラストの論理の建て方をも含めてかなり明白であろう。帝大教授を蹴ってまで民間新聞社に入ったことへの後悔はない。博士号を権威主義だとして毅然と突き返したり、若い時には徴兵忌避のための奇策として北海道に本籍地を移したりした漱石である。官尊民卑の態度で権力にすり寄る傾向はない。国家より個人を上位に置くという漱石の社会観と倫理観については、『行人』叙述のなかで触れることになろう。

それにしても、秋水の逮捕は、漱石にじわじわと複雑な思いを抱かせ、いささかなりとも暗鬱な気分にさせたに違いない「大逆」事件以後、秋水のことなどを書けば、関係のない自分にまで危険がおよぶことを察知したろう。『門』と秋水逮捕との日時が重なっているけれども、『門』はすでに書き終わっていて特別な意味はないが、漱石は、代助が社会と戦ってでも、自己の真実の愛を貫いてみせるという気概を持てる時代ではなくなってきているのを感じとる社会的感性はもっていたのだと思う。『門』には、そういう時代において、中年にさしかかる直前の夫婦が、懸命に築き上げた生活を、たとえ「冬になる」にしても、守り抜くという決意が示されている。

漱石は自分の属する階層より少し下げての非エリート勤労者の幸福を寿ぐ姿勢をもっている。そんな描写が、みごとに書き切れているのが『門』である。日本の近代文学の、いわば市民などという権利意識が確立されておらず、しかし臣民の自覚もあまり持たない中間勤労者層のありのままの姿をリアルに描くという意味で『門』はすぐれた達成であるとしてよいのではないか。

●『門』の評価について

正宗白鳥が『門』の感想を残している。『夏目漱石論』（一九二八年）のなかの有名な一節である。

『門』は傑れた作品である。『それから』のように理屈責めのギチギチした小説ではない。『虞美人草』のような美文で塗り潰された退屈な小説ではない。漱石は、ここに於てけばけばした美服を脱いで、袴も脱いで、平服に着替えて、楽々と浮世を語っている。例の今に面白いものを見せるぞと云ったように、読者を釣ろうとする山気がない。はじめから、腰弁夫婦の平凡な人生を、平坦な筆致で淳々と叙して行くところに、私は親しみをもって随いて行かれた。この創作態度や人間を見る目に於て、私は漱石の進展を認めた」。

白鳥は、宗助たちに「異常な過去」があったという「からくりが分ると、激しい嫌悪を覚え」、「鎌倉の禅寺へ行くなんかすこし巫山戯《ふざけ》ている」と強い否定的な言葉も連ねている。だが、『門』が「傑れた作品」であることを否定はしない。白鳥の『門』評は、彼が自然主義派の作家であることを考えると、宗助と御米のつくりものでない日常はすぐれたリアリズムであり、過去の姦通問題（実際は安井の「妹」として紹介される「婚姻」していない御米であるから、当時の法律からいっても姦通罪とはならないが）や、宗教の門をくぐる云々ということになると、明らかに作り物になってくるわけで、承認できないのである。

さらに白鳥の言う「腰弁夫婦の平凡な人生を、平坦な筆致で淳々と叙して行く」漱石の『門』執筆の平常心の探求は、みごとな文体と、衒《てら》いのない優しい心情を叙したものになっている。これは漱石の大いなる達成であろう。

片岡良一は、「『それから』であれだけ深く客観的条件と主人公の心理との相関関係に注目した」漱石の、『門』での変質を批判している。「『門』における内面的探求はやはり外側の条件などとはかかわりのない、切りはなされた深層への沈湎《ちんめん》だけに傾いたようなものになってしまっていﾞ」るというのである。「時代的限界」という側面があったのは斟酌《しんしゃく》しなければならないにしろ、「『門』の写実主義は、『それから』のそれから見てむしろ一歩後退であったことになる」と批判している。

代助を囲む「状況」と代助の「内面」の双方を関係づけながら展開させた漱石はみごとだという片岡の『それから』に対する指摘は的を射ている。だが片岡が『門』の欠点とする、「深層」の「内面的探求」に片寄っているとの指摘は、はたして「一歩後退」なのか。「内面的探求」を深めたというまさにその点で、漱石はもうひとつの達成をしているとみてよいのではないか。片岡の『門』に対する否定的見解の部分は、そのまま『門』のプラス評価に転化できる。一歩譲っても、「『門』の写実主義」は、『門』の評価を傷つけるものではない。その平叙な文体の完成という意味で、漱石は前進している。要するに後退した側面はあるものの、プラスの部分があることを認めるべきだと考えたい。

瀬沼茂樹は、次のように記している。「社会的人間として外延的な功利的な〈一般の幸福〉と市民的な〈真正な文明〉とを失ったけれども、〈自然の事実としての夫婦関係〉がお互いの胸のうちに掘りおこすことのできる愛の交りにおける幸福と甘い悲哀とを得たのである。…漱石は社会から切断された極限条件における〈人並以上に成功した〉〈仲の好い夫婦〉に〈和合同棲〉の理想を描きだした」。

「理想」なのかどうかは別として宗助、御米夫婦がこれからの人生を、「甘い悲哀」感も持ちつつ偕老同穴《かいろうどうけつ》的なものへと淡々と生活を積み上げていくのは確かだろう。春も冬も、それなりに越えていく姿を漱石の柔らかな平常心の文体で叙しているのは好感がもてると言ってよい。

春も冬もそれなりに越えていく夫婦という点では、桶谷秀昭も言う。「宗助夫婦のいとなむ碌々とした生活の上に天はつねに存在する。不安な崖と廂に区切られた狭い視界に天は蒼く澄んでみえる。冬が去り春がめぐり、この夫婦に小康がおとずれる。『門』の最後は、春先の縁側で、春をよろこぶ御米にむかって、うつむいて爪をきりながら〈うん、しかし又じき冬になるよ〉という宗助の言葉で結ばれる。おなじような危機は季節のめぐりと同様、今後何度でもくり返されると宗助は考えている」。この場合の「天」は、抽象的なものではなく、自然としての「天」として理解すべきだと注釈をつけたいが、桶谷の言は瀬沼の叙することと似ている。

さらに、佐藤泉が次のように記しているのも、瀬沼や桶谷につながる。「『門』は罪の意識におののきつつ、過去におびえながら日々を暮らしている夫婦の話とばかりは言えない。過去などあろうとなかろうと、この夫婦の日常を描いた部分だけで、『門』はすぐれた小説たりえている。白鳥の言葉を借りるなら、〈貧しい冴えない腰弁夫婦〉がそれ自体魅力的なのだ。煩わしい社会との関係をいっさい避け、平凡に、ひっそりと暮らすこの夫婦は」「幸福と倦怠が同義であるような静かな日常、騒然とした世間の動きからほとんど絶縁した濃厚な二者関係が、…『門』のところどころに描かれている」も、『門』肯定論であろう（『漱石 片付かない〈近代〉』）。森田草平が、地味な『門』は、「昔から評判がいい」と言い、「宗助夫婦のひっそりした生活、外套が欲しくても買えなかったり、雨降りに靴が濡れても穿き代えなかったりする」あたりの描写を例示している。

にもかかわらず、『門』の評価は、参禅する宗助の不自然さをも含め、社会と断絶してみずからを逼塞させている宗助像に漱石の後退を見るというのが多数派のようであり、それも片岡良一の言うとおりであって、やはり正鵠を得ていると思われる。漱石が最高級の讃辞を呈した島崎藤村『破戒』の結末を片岡が「腰が砕けてしまっている」と断ずるのと通じる弱さが『門』にはあるだろう。ともあれ『門』をトータルにどう評価するかはむずかしい。『門』は漱石文学の深まりという点で、ひとつの完成形であるとしたいために、この章に限って何人かの評言を援用につかったが、ついでながらというべきか、もうひとつ山室静の『門』論を書きうつしておこう。

「この作品においては、漱石は何らの真の進境を見せていないかと言えば、そうではない。一言で言えば、白鳥氏が言ったよりはもう少し深い意味で、人間を見る目が一段と深まっているのである。…虚偽と人工を去って自然に立ち帰った」代助たちのそれからは、『門』ではまさしく、そうした自然の基礎の上に立つ生活が、その充実と喜びとともに、その卑小と悲しみにおいて追求され、…人間の運命の孤独さが見つめられて行くのである」（「漱石の『それから』と『門』」）

『門』の落ち着いた夫婦の愛とその描写の濃やかなこと、それを支える文体の成熟は漱石のひとつの到達であるとするのが、本章での主張であり主旨である。

漱石は、『門』を書き終えた時点で、みずからの文学的テーマを、少なくともその一つを完結させた。三人の愛の顛末は、三辺の長さがすべて相異なる不等辺三角形が、ある時点で正三角形となり、またの時は、他の線と長さが逆転した不等辺三角形に転換し、やがて三角形でなくなりA点（宗助）とB点（御米）との太い直線、すなわち「二項結合」となる。『門』のラストは「二項結合」の確認である。佐藤泉は「濃厚な二者関係」という言葉を使っているが、三つ目の点（人物）が介在しない二人の愛の関係を表現する、もっと適切な言葉はないのだろうか。

以後の小説に本質的な変化はない。繰り返しである。『三四郎』『それから』『門』を三部作と言い習わすが、それは愛の不等辺三角形の追究として必然的な経過と結果であり、連続性は認めねばならない。だが、それ以後の漱石小説の組み立てに根本的発展はない。『明暗』には新しい試みと達成があり、それについては後述するが、少なくとも『彼岸過迄』『行人』『こころ』を、後期三部作と言ったりするのは、便宜的ではあったにしても、さしたる必然性はなかろう。漱石の小説に連続性はあるにしても、すでに『門』で、みずからのテーマを完結させている。人間関係という点でみても新しい展開はない。あとの作品に文学的深化はあるが、本質的な意味でのテーマはすでに出つくしている。

したがって、前期三部作、後期三部作との呼称はあまり意味がない。結局、『三四郎』『それから』『門』のテーマを、漱石は深化させたし、文学的な試みはあるものの、以後の作品は、『三四郎』『それから』『門』のリフレーンである。だから三部作と言ってさしつかえないにしても、とりわけ後期三部作という命名はあまり意味がなく、本当のところは、『三四郎』から『こころ』への六作品は、愛の不等辺三角形を描いた「連作」として位置づけるほうが妥当だろう。ストーリーの骨格の繰り返しを批判しているのではないことを確認して、連作であることを提起したことにしておこう。

第四章『三四郎』以前

『坊ちゃん』『草枕』『虞美人草』『抗夫』

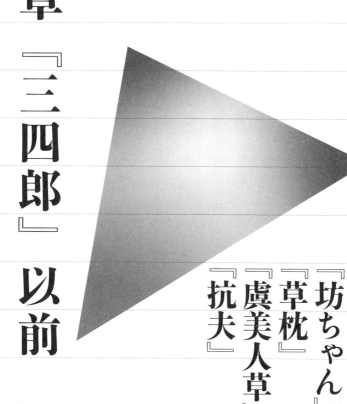

●三ノ人物ノ交錯シテ無限ノ波乱ヲ生ズ（漱石）

本書は、漱石の小説を「三角関係」で読み解いており、『三四郎』『それから』『門』をみてきた。これでほぼ漱石の愛の物語の骨格は出そろった。だが「三角関係」という言葉をつかうのには抵抗感がある。手垢《てあか》にまみれた感じがする。ゴマンとある漱石研究書の多くは、三角関係という言葉をつかっている。漱石のラブストーリーを三角関係抜きに解明できないからでもある。

そもそも「三角関係」という言葉に市民権があるのか。辞書にはどのように記述されているのか。

『日本語大辞典』（講談社）——三人の男女間の恋愛関係。

『広辞苑』（岩波書店）——三者の関係。特に三人の男女の複雑な恋愛関係。

『精選　国語辞典』（明治書院）——男二人と女一人、または女二人と男一人の縺《もつ》れた恋愛関係。

『ブライト和英辞典』（小学館）——love triangle（They are caught up in a love triangle. 彼らは三角関係にある）

『Fresh Genius English-Japanese Dictionary』（大修館書店）triangle——（男女の）三角関係。

どの辞書にもある。明治書院版に「縺れた恋愛関係」とあるのが、「三角関係」のニュアンスを感じさせるが、語感や言葉の品格などということにこだわらなければもう弁明不要である。もっと重要なのは、漱石が、みずからの小説の基本に「三角関係」を置くことを明確に意識していた事実である。一九〇六年の「メモ」に次のような図を書き残している（『全集』第一三巻「断片」）。

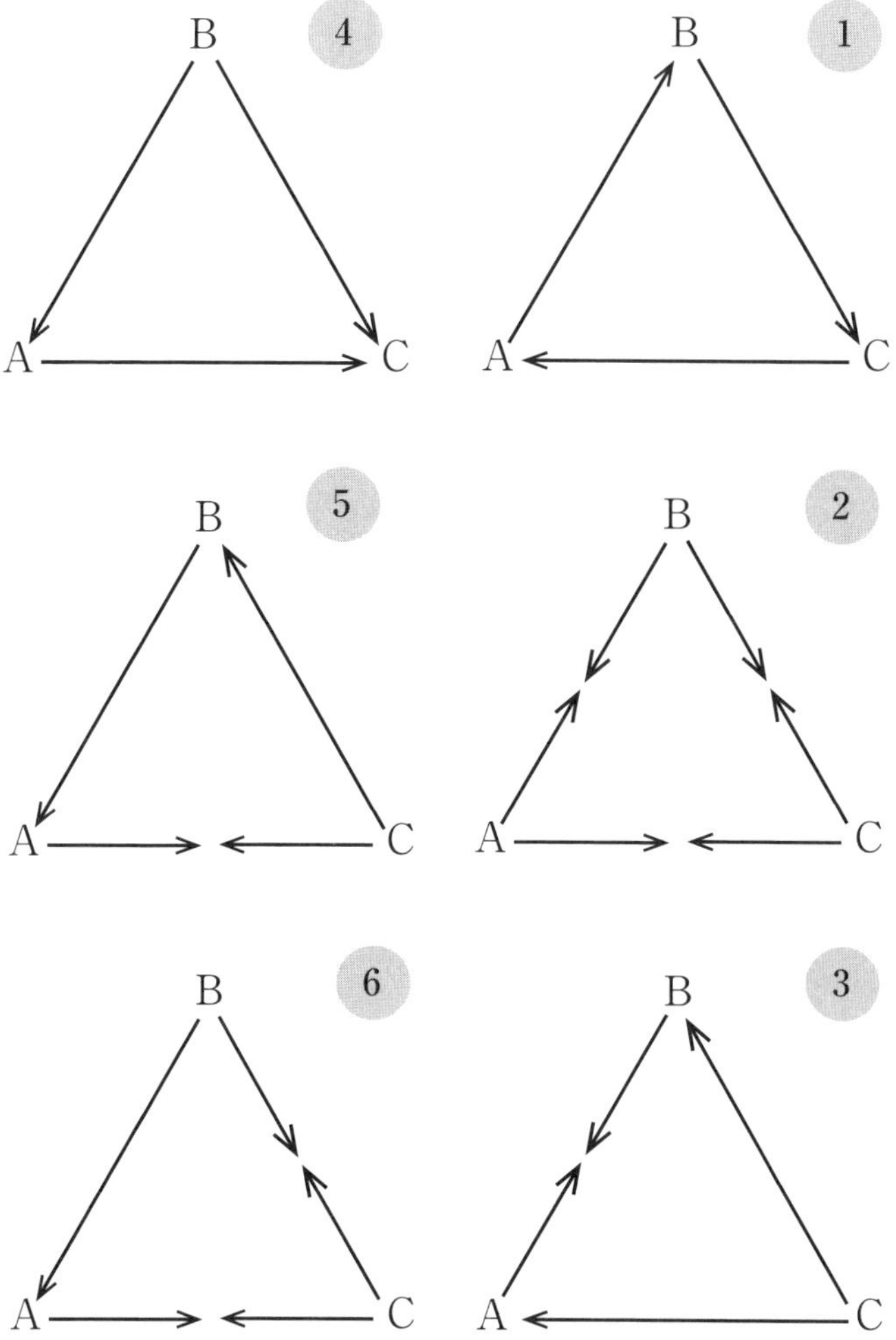
4
B
A
C
1
B
A
C
5
B
A
C
2
B
A
C
6
B
A
C
3
B
A
C

漱石手書きの図であるが、この図の横に、次のように書き込みがある。

「三ノ人物ヲ取ツテ相互ノ関係ヲ写ストキ此ノ六個ノ分岐ヲ生ズ。之ヲ交錯シテ互ニ用イル時、無限ノ波乱ヲ生ズ」

「A↓B」の矢印の場合は、人物Aが人物Bに、愛の感情を抱いていることになる。矢印は男女の愛情に限定せずに、人間の思いの一方性を指し示しているのであり、それは親子や家族の感情の場合など、本来ならA↓↑Bのように双方性になるはずであり、漱石も、愛情の三角関係だと限定しているわけではない。

個別具体的には、このABCは男二に女一、ないし女二に男一ということになる。いや、もっと限定して本書で主にとりあげている『三四郎』からはじまる漱石の中心的三角関係の小説七編に関してみるならば、『明暗』以外の六編は、男が二で女が一である。

漱石の描いている三角関係を、右の六つの三角のABCすべてに固有名詞を書きこむことも出来ないわけではなかろうが、そんなことをしなくてよい。だが、たとえば、『それから』の人物を、ABCにあてはめる⑤と④図は、すなおに読解できるだろう。

⑤図（『それから』）　Aは三千代、Bは平岡、Cは代助

④図（『それから』）　Aは平岡、Bは代助、Cは三千代

仮に⑤図で『それから』を読み解こうとするならば、代助→平岡と平岡→代助の、双方からの矢印が出来るわけで、男から男への感情ということになり、強引に解釈すれば「同性愛」の問題も出て来る。これについては、『それから』のところで、代助・平岡と三千代の兄菅沼のこととともに、『門』の宗助と安井、『こころ』の先生とKもあげたが、漱石研究者のなかで、現実に、漱石と子規には、それに近い感情の流れがあったのを検証しようとする雰囲気もある。高橋英夫は「友情の高まりは、恋のほむらの燃え上りと似たところがあって」と、さらりと記している（「ヘルメス的友情―漱石と子規のあいだ」『漱石研究』第七号所収）。実際の漱石の成育史におけるあれこれの思いの反映があるかもしれないが、同性愛問題についてはこれ以上の言及は本書の枠を超えるので以上とする。六つの漱石三角図も、それぞれの作品に即応して名前を当てはめるのは無理であるし、生産的意味もないのでこれも閉じる。

さて本章は、遡って『草枕』前後の初期漱石の三角関係について簡単な叙述をするが、要するに、三角関係のなかにすべての人間関係ないしは愛情関係があるとして、わざわざ漱石が図まで描いて考えていたこととの持つ意味が重いことを確認しておきたいのである。愛の問題は、これを「交錯シテ互ニ用イル時、無限ノ波乱ヲ生ズ」と明確に漱石は意識している。以後一〇年間、頭の中にこの図式を常に描きつつ、それを融通無碍に「無限ノ波乱」を小説にして仕上げていったと理解することができる。この六つの三角形は、思うより漱石小説論のなかで重要である。

要するに、そのものずばり、漱石の主要な小説のキーワードは「三角関係」であることが立証されることになる。それでなんら不都合はない。だが漱石の愛の物語を十把一絡げで「三角関係」というのでは、微妙なニュアンスを捨てることになる。「トライアングル」としても、楽器のトライアングルを連想すると、あまりにも美形な正三角形になってしまう。不等辺三角形といえば、漱石小説の、デリケートな恋心や、大人の内面の感情も少しは含意できるように思う。そこから本書の内容の粗方《あらかた》も、そしてタイトルも決まった。

●『坊っちゃん』――愛のトライアングルの原型

さて、本章では、『三四郎』以前の漱石が、トライアングルの愛をどのように描いているかをみる。

『吾輩は猫である』（一九〇五年）とほぼ同時期に書かれた短編の『一夜』は、「髭のある人」、「髭のない人」の男二人と、「涼しき眼の女」が、「一夜を過ごした」小さな物語である。

中世ヨーロッパ騎士道物語から題材をとった『薤露行《かいろこう》』（一九〇五年）では、騎士「ランスロット」と王妃「ギニヴィア」と可憐なる「エレーン」。男一人と女二人の愛の物語である。このあたりから漱石の愛の三角ははじまる。

翌一九〇六年に書かれたのが『坊っちゃん』。東京の物理学校を出た「坊っちゃん」が伊予松山の中学校数学教師として赴任する。教師仲間を牛耳っているのは教頭の赤シャツ。そのイヤなやりくちに、同僚の山嵐と語らって正義の鉄槌をくだす。

主筋ではないが、かなり明確なトライアングル男女の問題が出て来る。「愛の」という形容をするのにはいささか問題があるにしてもである。『坊っちゃん』における愛の三角の部分をみよう。承知のように、主人公が恋愛とは無縁の小説であり、『坊っちゃん』をラブストーリーの次元でとらえるのはまちがいである。漱石自身のことばを借りると次のようなことになる。

坊っちゃんと云う人物は或る点までは愛すべく、同情を表すべき価値のある人物であるが、単純過ぎて経験が乏し過ぎて現今の様な複雑な社会には円満には生存しにくい人だなと読者が感じて合点しさえすれば、それで作者の人生観が読者に徹したと云うてよいのです。（一九〇六年）（『全集』第一六巻「文学談」）

一カ月もたずに教員をやめるのが坊っちゃんだから、社会的にはある種の不適応性があり、そこを漱石がわかっているところがさすがである。主人公を冷徹にみる目が作者にあることが、『坊っちゃん』を古典としての価値をもつものにしたのであろう。

承知のように脇筋部分に明確なトライアングルがある。英語教師うらなり＝遠山家令嬢マドンナ＝中学校教頭赤シャツ、この三角の関係が描かれている。うらなりもマドンナも小説では精彩を放たないが、坊っちゃん行状記として本筋を運んでいくうえでは重要な脇役である。小説中、唯一の艶っぽい話でもある。三者の間には「愛」の感情があるとは思えないが、三人の関係が漱石の愛の不等辺三角形の、ほとんど原型に近い役割を果たしているように思える。これを最初に据えないと、漱石のこれからの愛の物語の「形」を正確には理解できない。しかも、いわばもつれる愛の形ということになると、なおさら『虞美人草』『三四郎』以前の『坊っちゃん』を見ておかねばならない。漱石が三角図を描いたのと、『坊っちゃん』の執筆のどちらが早いのか調べがつかないらしいのだが、前後してであることは確かだろう。漱石の三角図はますます重要な意味をもってくる。

『坊ちゃん』の三角の部分を、少し丁寧に原文にも寄りそいながら整理しておこう。小説自体の主筋は省略する。英語の古賀先生がうらなり、お嬢さんがマドンナ、教頭が赤シャツ、その三人である。坊っちゃんが下宿をする家の老女が伊予の方言丸出しでほとんど一人語りする。その抜粋を聞いてみよう。

「あの遠山の御嬢さんを御存知かなもし。…ここらであなた一番の別嬪さんじゃがなもし。あまり別嬪さんじゃけれ、学校の先生方はみんなマドンナマドンナと言うといでるぞなもし。…そのマドンナさんが不慥《ふたしか》なマドンナさんでな、もし。…古賀先生なもし。あの方の所へ御嫁に行く約束が出来ていたのじゃがなもし。…ところが、去年あすこ（古賀先生＝うらなり）の御父さんが、御亡くなりて。それまでは御金もあるし、銀行の株も持って御出《おいで》るし、万事都合がよかったのじゃが、それからというものは、どういうものか急に暮らし向きが思わしくなって、つまり古賀さんがあまり御人が好過《よす》ぎるけれ、御欺《おだま》されたんぞなもし。それや、これやで御輿入《おこしいれ》も延びている所へ、あの教頭さん（赤シャツ）が御出でて、是非御嫁にほしいと御いいるのじゃがなもし。…人を頼んで懸合《かけあ》うてお見ると、遠山さんでも古賀さんには義理があるから、すぐには返事は出来かねて。まあよう考えて見よう位の挨拶を御したのじゃがなもし。すると赤シャツさんが、手蔓を求めて遠山さんの方へ出入をおしるようになって、とうとうあなた、御嬢さんを手馴付《てなづ》けておしまいたのじゃがなもし。赤シャツさんも赤シャツさんじゃが、御嬢さんも御嬢さんじゃてて、みんな悪るくいいますのよ。一旦古賀さんへ嫁に行くてて承知をしときながら、今更学士さんが御出《おいで》たけれ、その方に替えよてて、それじゃ今日様（おてんとう様）へ済むまいがなもし、あなた」

説明に堕するのを避けるために、漱石は老女をつかっている。方言の「もし」を多用するのは、漱石の小説作法のみごとさであり、したたかさでもあろう。事情がわかるし、説明文という感じも払拭される。

赤シャツは五円の昇給をエサにしてうらなり先生を九州の延岡に飛ばしてしまい、マドンナから遠ざける。うらなりが昇給よりも今のままの方がよいと懇願しても、もう赤シャツは聞く耳をもたない。とはいえマドンナと赤シャツは、まだ情を通じ合うところまではいっていないようである。

かくして坊っちゃんと山嵐による赤シャツ退治となる。遊郭から朝帰りする赤シャツに生卵をぶっつけてギャフンといわせ、坊っちゃんは、山嵐とともに教師をやめて東京に帰る。「帰る」は逃げたことにもなる。坊っちゃんの小さい時からの下女である清《きよ》ばあさんが喜んで優しく迎えてくれた。

『坊っちゃん』の半分は敗北物語である。仲間の山嵐は職を失うし、赤シャツはやっつけるが、マドンナには掣肘《せいちゅう》を加えていない。硬派の熱血漢である坊っちゃんに女性を成敗させるのは躊躇させるものがあったからであろう。とはいえマドンナは「わるもの」である。マドンナの意味は「聖母」だから、おおよそ悪事とは縁のない存在であるが、漱石が悪女をマドンナとしたのは、意図的なのか、それともお遊びなのか、判断し難い。この小説では脇筋とはいえ、マドンナをめぐって、赤シャツとうらなりが争う構図ははっきりしている。愛の二律背反とでもいうべきものの初期的な形で、ここに提起されていると言ってよい。

ただし漱石は、この三角の関係をメインな筋立てにはしていない。漱石の生涯のテーマともいえる愛の三角の関係は、漱石のなかでまだ煮詰まっていない。愛の三角が重要であることを念頭におきつつも、それを文学的に燃焼させるといったものとは、まだ遠い。だが漱石は、このあたりでメモに三角形を描いて、煮つめていく姿勢をはっきりさせつつある。そして次は、漱石の朝日新聞専属作家としての最初の長編『虞美人草』となる。もう漱石は三角形メモをすでに書いている。愛の三角形から「無限ノ波乱ヲ生ズ」という漱石文学の基本形が明確に意識されている。

●『草枕』――愛と「非人情」

『草枕』(一九〇六年)。一人の画家が温泉にやってくる。宿には離婚して戻ってきている美女那《な》美《み》がいる。自分を描いてくれと那美は画家に頼むが、画家は、彼女には何かが欠けているように思えて、どうしても描くことができない。だが、那美の昔の亭主が落ちぶれて「満州」に出掛ける姿をみたとき、彼女の表情に「憐れ」の表情が浮かぶ。ああ、人間的な優しさが欠けていたのだ。これでやっと那美の顔を描ける。

「山路《やまみち》を登りながら、こう考えた。智に働けば角が立つ。情に棹《さお》させば流される。意地を出せば窮屈だ。とかくに人の世は住みにくい」。有名な美文調の冒頭部分だが、知情意のバランスをとって生きて行くのは難しいが、人間社会は、そのバランスをとって生きて行かねばならないと言っている。漱石はここで人間社会を規定する。「人の世を作ったものは神でもなければ鬼でもない。やはり向う三軒両隣りにちらちらするただの人である」。漱石自身は、向こう三軒で身を寄せ合って生きた人ではなく、学者教養人の雄として多くの弟子たちに囲まれ、しかし孤独に原稿用紙に向かったが、思想なり生き方としての価値観は、極めてまっとうである。そして「束の間の命を、束の間でも住みよくせねばならぬ」と考えつつ生きぬいた。これまたまっとうであり、『草枕』では、そこに「画家という使命」もあるのだとする。

那美さんの結婚と離婚の経過が説明される。「那古井の嬢様にも二人の男が祟《たた》りました。一人は嬢さまが京都へ修行に出て御出《おい》での頃御逢いなさったので、一人はここの城下で随一の物持ちで御座んす。…御自身は是非京都の方へと御望みなさったのを、そこには色々な理由がありましたろが、親ご様が無理にこちら（城下随一の物持ち）へ取り極めて…ところが」、強いられての結婚だから折り合いがわるかったうえに、結婚した男が勤めていた銀行が、戦争の影響で倒産した結果、那美さんは実家に戻ったのである。出戻りしたことを、「銀行が潰《つぶ》れて贅沢が出来ねえって、出ちまったんだから、義理が悪るいやね」と噂して、世間は不人情だとか薄情とか言う。

那美さんと、京都の男と、郷里の資産家の息子とは三角の関係ということになる。気の強い那美さんでも自分の意志を貫くことができなかった。那美さんは、京都の男に心を残しながら、親の意向に逆らえずに不本意な結婚をする。だが婚家が落ちぶれたとき、那美さんは飛び出して実家に帰ってしまう。そこに那美さんの「不人情」があって、周囲からは「キ印」といわれたりする。その那美さんは、元の亭主が「満州」くんだりへ、髭《ひげ》ぼうぼうの姿で「三等」の汽車に乗って、誰にも見送られず出稼ぎにいくのを見送ることになる。元亭主の姿をみて、那美さんは、「憐れ」の表情を、はじめて浮かべる。

『草枕』には、「長良の乙女」に「二人の男が一度に懸想《けそう》」したので、乙女は「思い煩《わずら》ったが、どちらへも靡《なび》きかねて、とうとう…川へ身を投げて果てました」という村の伝説が残っていると紹介されている。那美さんの身の上と比較されているのだ。ともあれ漱石は、ヒロインの「不人情」が、元はといえば、トライアングルの愛の不条理から出て来たことにこだわっている。『三四郎』とそれ以後の漱石世界の原点と判断してよい。

●『虞美人草』――愛の相関図

『吾輩は猫である』『坊っちゃん』『草枕』で文名の高まった漱石は、朝日新聞の誘いに応じて、帝大（教授への昇進が約束されていた）と一高の英文学の講師を辞めて、厚遇の約束をしてくれた朝日新聞に入社し、おかかえ小説家になる。最初の連載ということで、「世間から、異常な興味と期待とをもって迎えられ」（『全集』第三巻　小宮豊隆）たのが『虞美人草』である。

最初だから緊張しながら、しかも愛の物語をふんだんに入れなければ読者は満足してくれないと考えて派手な恋愛模様を漱石は提供した。いくつかの三角の男女の組み合わせをつくっている。まず、男が三人、帝大の同級生であり友人同士、この三人を中心に人間関係ができあがっている。さらに主要な女性が三人いて、六人の男女が入り乱れる。自我の強い美女藤尾《ふじお》が気の弱い男の小野さんを我がものとしようとするが、失敗して自害して果て、まずは一件落着。男女は元のサヤに収まる。ややこしいあらすじは省略。

複雑な人物関係の元の図は次のようになる。

甲野さん（哲学者）＝藤尾（甲野さんの異母妹）

宗近君（外交官志望）＝糸子（宗近君の妹）

小野さん（詩人・文学者）＝小夜子（小野の恩師井上の娘）

さらに、この若い六人の男女は、次のような結婚予定になっている。

甲野＝糸子

宗近＝藤尾
小野＝小夜子
ところが、定められた図に、藤尾が小野に接近して新しい関係図を描こうとする。
甲野＝糸子
宗近＝×
藤尾＝[小野]＝小夜子

美貌で財産をもつ藤尾が、秀才だがカネのない小野さんを誘惑するとき、二者関係が三角の形になる。宗近君もとばっちりを受ける。小野さんの心が、井上先生の娘小夜子から離れていくにしたがって三角の形は、その不等辺三角の形を急速に変えていく。小野さんが小夜子を捨てた時には三角形はなくなり、小野さんと藤尾の線が一本だけになって、面から線へ質的転換をする。藤尾と小野さんの線を成立させるのは、道義に反するからと、宗近君が小野さんを説諭説得して、小野さんと小夜子の線の復活を図ったからである。道義の人漱石を代弁して宗近君が言う。


「小野さん、…いいかね。人間は年に一度位真面目にならなくっちゃならない場合がある。上皮《うわかわ》ばかりで生きていちゃ、相手にする張合がない」…

「僕の性質は弱いです。…生れ付きだから仕方がないです」…

「君は学問も僕より出来る。頭も僕より好い。僕は君を尊敬している。尊敬しているから救いに来た。…危うい時に、生れ付きを敲《たた》き直して置かないと、生涯不安でしまうよ。いくら勉強しても、いくら学者になっても取り返しは付かない。此所《ここ》だよ、小野さん、真面目になるのは。…真面目になった後は心持がいいものだよ。…真面目になれるほど、自信力の出る事はない。…真面目とはね、君、真剣勝負の意味だよ」

この説諭に、小野さんは簡単に承伏してしまって、「僕が悪かったのです」と宗近君の前に悔い改める。「真面目な処置は、出来るだけ早く、小夜子と結婚するのです。小夜子を捨ててすまんです」「今日から改めます。真面目な人間になります」。なんとも大時代的な教訓ドラマの台詞であり、順序を逆にみてきた『それから』や『門』とはまるで質が違うが、「第一義」を説く漱石は、まさに大真面目に筆をすすめている。宗近君や小野さんは善人であり、藤尾は悪女だと割りきっている。後の漱石の達成するリアリズムとの質の違いは一目瞭然である。『虞美人草』の次の『三四郎』がいかに近代小説になっているかがよくわかるというものである。

『虞美人草』は、あっけなく「悪女」の藤尾の自害によって、勧善懲悪的結末を迎える。小野さんは小夜子と結ばれ、甲野さんは糸子との結婚へと進み、外交官となってロンドンに単身赴任した宗近君は、「ここでは喜劇ばかり流行る」とうそぶいている。

それにしても、漱石は『虞美人草』で、はっきりとトライアングルの愛の関係を小説として提示し、三角関係が、みずからの小説の構造の土台的人物設定になることを明確にした。正三角形でも二等辺三角形でもなく、時が無常に移りかわるごとく、愛の形として常に変容し変貌する不等辺三角形に、典型的なドラマをみるようになったのではないか。『虞美人草』なくして、『三四郎』以下の漱石の小説は、いまあるような形では遺されなかったろう。

●『坑夫』――奇妙な三角形

次は『坑夫』である。『虞美人草』の次の朝日新聞連載で、一九〇九年作である。

込み入った事情で、東京から脱出して北へ行こうとしている若い男の「自分」が、人買い男と出会って、鉱山の飯場に連れられていく。足尾銅山が想定されているようだが、坑内の労働は、素人には務まらない過酷さである。それは坑道に入っただけでもわかる。親切な飯場頭から帰京せよと諭されるが、「自分」は「世の中へ顔を出せない様な事を」したようなしてないようなで、帰るに帰れない。安い賃金でも働かねばならない。ところが気管支炎と診断される。結局、月に四円の安い賃金で飯場の帳面づけをやることになり、これを五箇月間無事に務めた。「そうして東京へ帰った」のである。

「相当の地位を有ったものの子である」主人公の「自分」がどうして東京を逃げ出さねばならなかったのか、それが恋愛沙汰であり、女性ふたりと「自分」とのトライアングルがこじれての結果なのである。次のように記されている。

一人の少女がいる。そうしてその少女の傍に又一人の少女がいる。この二人の少女の周囲に親がある。…所が第一の少女が自分に対して丸くなったり、四角になったりする。すると何かの因縁で自分も丸くなったり、四角になったりしなくっちゃならなくなる。然し自分はそう丸くなったり四角になったりしては、第二の少女に対して済まない約束を以て生まれて来た人間である。自分は年の若い割には自分の立場をよく弁別《わきまえ》ていた。が済まないと思えば思う程丸くなったり四角になったりする。…第一の少女の傍にいたら、…第二の少女に対しては気の毒である。…両立しない感情が攻め寄せて来て、五色の糸がこんがらかった様に、此方《こっち》を引くと、彼方《あっち》の筋が詰まる、彼方をゆるめると此方が釣れると云う按排《あんばい》で、乱れた頭はどうあっても解けない。色々に工夫を積んで自分に愛想の尽きる程ひねくって見たが、到底思う様に纏《まと》まらない…。

女性の名前は一人が「艶子さん」で、「自分」は彼女には惚れられ、もう一人の「澄江さん」には惚れたと推測される。漱石は、遊んでいるのかもしれないが、意味深長である。「三角」という言葉はなく、「丸」と「四角」しか出てこないが、あきらかに三角関係で、男一人に女が二人である。不等辺三角形であることを余儀なくされたようである。しかも不等辺自体の長短が、「丸くなったり四角になったり」して微妙に変化する。「此方を引くと、彼方の筋が詰まる」などは、まさに愛の濃淡が不変ではありえず、日日之れ新たなる事態になるのを意味している。トライアングルの愛情関係であれば可変性の不等辺三角形にならざるをえない。漱石は、ここでも小説のありようが万華鏡のように可動することを確認していったのではないか。その意味では、愛の問題は『坑夫』全体の一〇〇分の一しか描かれていないのに、漱石が、恋愛小説作法をわがものにしていく過程では、かなり本質的な意味をもったのが『坑夫』であったかもしれない。

『坑夫』は、漱石の小説の系譜では恋愛小説には入らない。『吾輩は猫である』や『坊っちゃん』とも類似点はない。初期短編の西洋騎士道ものにも似ていない。『二百十日』と『野分』といっしょに社会小説、明治の外発的開化によって出来た日陰の部分を見つめるものとして分類できるようだ。この三作では、『坑夫』はルポルタージュのような性格にみえる。たぶん漱石作品中、もっとも評価が低く、面白さに欠けるものである。作中に「纏まりのつかない事実を事実のままに記すだけである。小説の様に拵えたものじゃないから、小説のように面白くない」と語るに落ちた言い方をしている。舞台が漱石の生きる世界と違いすぎる。だが飯場の残酷ともいえる状態、坑夫たちの無残な非人間的状態を映し出している。漱石は足尾銅山に足を運んだわけではなく、題材を持ち込んできた青年からの聞き書きであるが、次のようなところにはすごいリアリティがある。

布団が沢山あった。然しいずれも薄汚いものばかりである。自宅で敷いていたのとは丸で比較にならない。自分は一番上に乗ってるのを二枚、そっと卸した。…垢が一面に塗り附けてあるから、六分方色変りがして、白い所などは、通例なら我慢の出来にくい程どろんと、化けている。その上頗《すこぶ》る堅い。搗《つ》き立ての伸《の》し餅を、金巾《かなきん》に包んだ様に、綿は綿でかたまって、表布《かわ》とは丸で縁故がない程の、こちこちしたものである。自分はこの布団を畳の上へ平《ひら》く敷いた。それから残る一枚を平く掛けた。そうして、襯衣《シャツ》だけになって、その間に潜り込んだ。

まるでベニヤ板に挟まれて寝るようなものである。いわゆるタコ部屋的なものの描写で、リアルである。この布団の借り賃が一夜で一枚三銭、二枚だから六銭。ところがこの飯場では、坑夫の手伝いのようなことしかできない「自分」（主人公）だと、日当が三五銭で、そこから親方がピンハネする。飯代が一日一四銭五厘で、三五銭もらっても二〇銭五厘になり、お菜代の六銭は別料金。病気でもすればたちまちマイナス勘定となる。『坊っちゃん』の主人公が月給四〇円だったことが思い出される。この小説を書いている漱石自身は、月給二〇〇円＋ボーナスといった破格の待遇と比較するのは非現実的であるにしろ、タコ部屋での待遇がいかにひどいものであるかがわかる。さらに加えての過重な労働が待っている。くたくたになって寝る。

然し流石《さすが》に疲れている。寒さよりも、足よりも、布団の臭いよりも、煩悶《はんもん》よりも、厭世よりも、疲れている。実に死ぬ方が楽な程疲れ切っていた。それで、横になるとすぐ、…眠《ね》て仕舞った。ぐうぐう正体なく眠て仕舞った。

漱石の実体験ではないが、見てきたような描写になっている。『坑夫』の前作『虞美人草』

で、上流社会のあでやかさを絢爛ともいえるタッチで描いた漱石は、二か月後には、死と向かいあって重労働をする男たちを描く『坑夫』の連載をはじめているのである。

さらに『坑夫』では、地の底で非人間的労働を強いられている人々を見ながらの、人間平等論を漱石は開陳している。

坑夫が頬杖を突いて、自分（主人公）を見下《みおろ》している。さっきまではあれ程厭《いや》に見えた顔が丸で土細工の人形の首の様に思われる。醜くも、怖くも、憎らしくもない。ただの顔である。日本一の美人の顔がただの顔である如く、坑夫の顔もただの顔である。そう云う自分も骨と肉で出来たただの人間である。意味も何もない。

漱石の人間を見る眼は実に澄んでいる。この澄んだ眼で、『三四郎』以後、愛に苦しみ、歓喜し、世の中とせめぎ合う姿をリアルに描いていくことになる。

『坊っちゃん』『草枕』『虞美人草』『坑夫』へと遡ったが、すでに『三四郎』『それから』『門』についてはは述べたので、次章からは、漱石が後期に入る『彼岸過迄』と、その後の『行人』『こゝろ』『道草』、そして最後の『明暗』を読み解いていくことにする。

第五章『彼岸過迄』

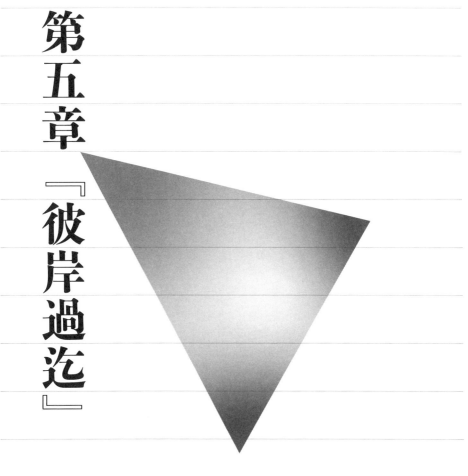

●敬太郎の「探偵」

（あらすじ）

田川敬太郎は大学を卒業して就活中。同級の須永市蔵の知人に頼んで職を得ようとするが、二人の男女を尾行することが就職試験となる。後をつけたのは市蔵の親戚筋の男女であった。その女性千代子は市蔵の従妹。二人は愛しあいながらも結婚をしない。結婚しないのに市蔵は千代子に嫉妬する。市蔵には出生の秘密がある。二人はこれからどうなるのだろう。

『門』の次は『彼岸過迄』である。『門』を書き終わった直後に漱石は胃潰瘍で吐血して危篤状態になり、闘病生活を余儀なくされる。「修善寺の大患」と言いならわすが、一二年間の作家生活のなかで、一九一一年だけは長編がない。病後に書いた最初が『彼岸過迄』（一九一二年）で、明治の年号で最後に書いた小説である。

残された命はあと五年、漱石文学は深化していく。『彼岸過迄』という題名は気まぐれにつけられており、それ相当の意図がない。正月からの連載で、春の彼岸過ぎの頃までに終了予定だから『彼岸過迄』とした。実際は掲載が四月末までになってしまい、この題名では間尺に合わなくなったが、漱石はそんなことには頓着しない。

作家によって、あるいは芸術家一般にとって、題名大事派と、適当派があるようだ。漱石が評価した泉鏡花の『照葉狂言』『婦系図』『歌行燈』などはなんとなくよく考えられて慎重に題名が決められている感じであり、漱石のほうは、作品を区別する記号として題名を考えていたようである。『門』という題名は、執筆以前に、弟子たちが語らって漱石の知らないうちに適当に命名したというのは有名な話である。しかも漱石は悠然と認めたという。「漱石」というペンネームには頑固者のイメージがある夏目金之助の二面性とでもいえばよいのだろうか。

単なる符丁として付けられたものなのに、しかし、小説の構成については、『彼岸過迄』は、題名付けとは逆に、実に実験的で、慎重かつ綿密に練られている。しかも独創的で、日本の近代文学ではむろんのこと、西洋の二〇世紀までの文学を考えても、例がないわけではなさそうだが、ユニークな構造になっていよう。

『彼岸過迄』は、どのような構成になっているのか。漱石は序文ともいえる「『彼岸過迄』について」で、次のように書いている。「かねてから自分は個々の短編を重ねた末にその個々の短編が相合《あいがっ》して一長編を構成するように仕組んだら、新聞小説として存外面白く読まれはしないだろうかという意見を持《じ》していた」。その実験が『彼岸過迄』なのである。各短編は次のタイトルになっている。「風呂の後」「停留所」「報告」「雨の降る日」「須永の話」「松本の話」「結末」である。オムニバス形式といってもよいだろう。狂言回しの登場人物を自由に歩かせながら彼の見聞を、それぞれ独立させつつ、同時に統一性をもたせて進行させていく。田川敬太郎という帝大を卒業して就職活動をしている男が体験していく目新しい世界、そこでの人間模様を追いかけている。次々に敬太郎の出会う人物が変わる作品構成は実験的であり、考えぬかれたものである。各章ごとの詳述は本書ではあまり意味がない。愛の不等辺三角形というテーマにかかわる部分へ迫るかたちで論をすすめたい。

とはいえ、まずは、漱石の「探偵」嫌いということから始めることにする。『彼岸過迄』は「探偵する」というのが、小説導入のキーワードのようになっているからである。

『彼岸過迄』の、もっとも重要な人物は、狂言回し役の田川敬太郎ではなく、須永市蔵（以後、市蔵と表記統一）と、その従妹である千代子である。二人の不条理ともいえる愛が語られる「須永の話」が、この小説のコアである。だが六つの短編をつなぐのは敬太郎である。市蔵の大学同級生であるが、この敬太郎は当時としてはほとんどいない帝大出のエリート候補生でありながら、不況の時代ということもあってだろう、就職浪人をしている。裕福な市蔵は高等遊民として、『それから』の代助のように職につかずに悠々としているが、敬太郎は遊んでいられるような財産をもたない。だから、それなりの職業につかなければ格好がつかない。敬太郎は市蔵に就職口を世話してくれる人の紹介を依頼する。市蔵の親戚筋の実業家田口は、それではまず就職試験の代わりにお手並み拝見ということで、ある男の尾行をせよとの課題を敬太郎に出す。尾行とは「探偵」である。だが敬太郎は「探偵」はいやなのである。それでもやらないわけにはいかない。敬太郎の「探偵ごっこ」がはじまる。

少し迂回する。それは漱石の病的なほどの「探偵ぎらい」についてである。「漱石全集」の綿密な索引をみると、漱石は全自作中に七〇回以上も「探偵」という言葉を使っている。それも内容的には「探偵ぎらい」がほとんどである。漱石の小説中の「探偵」嫌悪を例示するのがいちばんわかりやすい。

不用意の際に人の懐中を抜くのがスリで、不用意の際に人の胸中を釣るのが探偵だ。（『吾輩は猫である』）

無論ただの商売じゃない。探偵というけすかない商売さ。あたり前の商売より下等だね。（『吾輩は猫である』）

何だか生徒全体がおれ一人を探偵しているように思われた。くさくさした。（『坊っちゃん』）

巡査が追い立てる。都会は太平の民を乞食と間違えて、掏摸《すり》の親分たる探偵に高い月俸を払う所である。（『草枕』）

『こころ』で、先生が「私の後を跟《つ》けて来たのですか。どうして」と不快感をこめていうところもある。引用にあるように『草枕』では、警察官まで嫌悪の対象にしてしまうが、これは権力批判などとかの次元ではなく、普通の感覚では考えられない感情が生み出したもので、市民的常識からは遠い。漱石ほどの能力をもった人間になると、平均的生活者には想像もできない性癖や、病的ともいえる感受性がままある。超能力的才能に不可避的についてまわるのかもしれない。漱石の場合、みずからは「神経衰弱」という言葉をつかっているが、特異な感情の起伏や躁的とか鬱的な傾向と同時に「追跡恐怖症」ともいえるものがあったということである。そのような精神的傾向が、いざ創作となると超人的に吹き出す。『坊っちゃん』を半月ぐらいで書きあげてしまうようなことをやってのけたりする。

探偵嫌いの漱石が、あえて作中人物に探偵の真似事をさせるとはどういうことなのだろう。『彼岸過迄』では、「探偵」は、言葉としても一二回も使われ、事実、物語展開でもそれなりの役割をもっている。それが成功しているかどうかは別としてだが。

敬太郎の探偵仕事の内容は、次のようなものである。

今日四時と五時の間に、三田《みた》方面から電車（市電＝路面電車）に乗って、（神田）小川町の停留所で下りる四十格好の男がある。それは黒の中折に霜降の外套を着て、顔の面長い背の高い、瘦せぎすの紳士で、眉《まゆ》と眉の間に大きな黒子《ほくろ》があるからその特徴を目標《めじるし》に、彼が電車を降りてから二時間以内の行動を探偵して報知しろというだけであった。

敬太郎は探偵気取りで尾行する。男のうしろから電車に乗って後をつけ、男が下りたところで待ち合わせていた若い女とともにレストランで食事談笑するのを見届ける。何か秘密めいたことがあるのだろうか。敬太郎は、「探偵」の結果を依頼主の田口に報告する。ところが意外にもレストランの女性は、田口自身の娘千代子であり、四十格好の男は、田口の妻の弟である松本（義弟）であった。何も疑わしいものなどありはしない。田口がおもしろがって敬太郎にさせたのが探偵ごっこだった。お遊び気分で敬太郎の能力が試された。就職の面接がわりである。これで田口からなにがしかの職業を得ることができるだろう。前述したが、敬太郎の友人・須永市蔵と、この千代子は従妹同士である。

ここから市蔵と千代子の、愛の物語となる。小説の中心部分にたどりつくまでにすでに半分以上が過ぎている。だが漱石にとっては「個々の短編を重ね」ることが所期の目標だから、これでよい。漱石自身、ここから始まる「須永の話」が、この小説の決定的目玉だと言っているわけではない。だが市蔵と千代子のエピソードこそ、『彼岸過迄』のコアである。この部分なくしては小説としては大黒柱のない脆弱なものとなる。それに、本書の論じる「愛の不等辺三角形」は、この「須永の話」に凝縮されている（「松本の話」にも出てくるのだが）。

須永市蔵の母と、田口千代子の母は姉妹であり、したがって市蔵と千代子は従妹同士である。この二人は幼時から許嫁のように周囲も認め、本人たちもそう思って育ってきて、二人の仲は良好である。従妹との結婚は二〇世紀前半までは、新旧民法上でも問題はなく日本ではごく普通のことであったようだ。ところが、市蔵は母が腹を痛めて産んだ子ではなかった。それがわかってくる段階で、小説としての密度がぐっと高まる。市蔵と母には血のつながりはない。市蔵は、軍人であった父が、小間使いに産ませた子である。だから実母ではないからこそ市蔵の母は、自分の妹の娘である千代子と市蔵を結婚させて血のつながりを保ち、強固な絆としたい。市蔵は、母が隠しているこの秘密を知っているのに、そして千代子を愛しているにもかかわらずプロポーズしようとしない。

●市蔵と千代子

市蔵と千代子は仲良しとして育ったものの、それ以上にはすすまなかった。千代子には市蔵に嫁ぐ約束を守る気持ちもあったが、市蔵は千代子と結婚する決心ができなかった。以下、「僕」は市蔵である。

これほど好く思っている千代子を妻《さい》としてどこが不都合なのか。実は僕も自分で自分の胸にこう聞いた事がある。その時理由《わけ》も何もまだ考えない先に、僕はまず恐ろしくなった。そうして夫婦としての二人を長く眼前に想像するに堪えなかった。こんな事を母にいったら定めし驚くだろう、同年輩の友達に話してもあるいは通じないかも知れない。けれども強《し》いて沈黙のなかに記憶を埋める必要もないから、それを自分だけの感想に止めないで此所《ここ》に自白するが、一口にいうと、千代子は恐ろしい事を知らない女なのである。そうして僕は恐ろしい事だけ知った男なのである。

わかるような、わからないような叙述である。ある夏、親戚縁者が鎌倉の田口の別荘に避暑に出かけるのに市蔵もつきあう。むろん千代子には自分の別荘である。その時、須永は「白い浴衣を着た男」がいるのに気づいた。市蔵は若い男が気になってしかたがない。千代子に尋ねると

「高木」という名前を教えてくれる。そんなある日、市蔵は、ふと高木と千代子のことが気になる。市蔵は二人を頭のなかで結びつけてしまったのだ。市蔵はうかつにも千代子に「高木さん」がどうのこうのと詮索的なことを尋ねてしまう。その瞬間に「恐ろしい事を知らぬ女」千代子の怒りが爆発する。この小説の、いわばクライマックスである。緊迫感が漂う。会話部分のみを抄録する。『彼岸過迄』のすべての愛のトライアングルがこの会話に集束収斂《しゅうれん》圧縮されていてみごとである。


「あなたそれほど高木さんの事が気になるの。…貴方は卑怯だ」…

「何故《なぜ》」…

「何故って、貴方自分で能く解ってるじゃありませんか」

「解らないから聞かしておくれ」…

「それが解らなければ貴方馬鹿よ」…

「千代ちゃんのような活発な人から見たら、僕見たいに引込思案なものは無論卑怯なんだろう」…

「そんな事を誰が卑怯だというもんですか」

「しかし軽蔑はしているだろう。僕はちゃんと知ってる。…それとも今いった意味で、僕が何か千代ちゃんに対して済まない事でもしたのなら遠慮なく話してもらおう」

「じゃ卑怯の意味を話して上《あげ》ます。…（千代子は泣き出した）…あなたは妾《あたし》を御転婆の馬鹿だと思って始終冷笑しているんです。貴方は妾《あたし》を、愛していないんです。つまり貴方は妾と結婚なさる気が」

「そりゃ千代ちゃんの方だって」…

「そんならそれで宜《よ》う御座んす。何も貰って下さいとはいやしません。ただ何故愛してもいず、細君にもしようと思っていない妾に対して、…何故嫉妬なさるんです。…貴方は卑怯です、道義的に卑怯です。…妾《あたし》にも侮辱を与えています」

「侮辱を与えた覚はない」

「あります。…貴方の心が与えているのです。…男は卑怯だから、そういう下らない挨拶が出来るんです。高木さんは紳士だから貴方を容《い》れる雅量がいくらでもあるのに、貴方は高木さんを容れる事が決して出来ない。卑怯だからです」(傍線は筆者)

会話部分だけでは、「須永の話」の、市蔵と千代子の微妙な感情と愛の軌跡はとらえにくい。整理しきれないほど複雑である。あるいはまとめにくい。どこに中心部分があるのか、漱石自身があいまいにしているとも思える。だが二人に愛があり、愛する者の会話であることははっきりわかる。とりわけ「恐れない女」千代子の市蔵への愛は自明である。必然的に市蔵が「恐れる男」であることも想像できよう。

瀬沼茂樹は、次のように書いている。「二人は幼な馴じみであり、両親の間で将来の結婚を約し、兄妹のように仲よく育てられ、また深いところで愛しあっているにはちがいないのである。…須永（市蔵）は…千代子が…理非善悪の分別を直観的に感得し、経験や悟性にしばられない〈純粋な女〉であるから、…千代子の〈美しい天賦の感情〉を誰よりも深く理解し、心の底で深く愛している。千代子とても、表面では須永の冷淡や偏屈を攻撃することはあるにしても、心の底では深く愛していることに変りはない。だから、二人の情愛が男女の恋となって燃えあがろうとしたことがある。それにもかかわらず、須永は千代子を妻として迎えることが不可能に思われ、千代子は須永の苦悩に近よりがたく怖れさせるものがある。二人はお互いに知り尽しているがために、男女の愛として二人を結びつけず、かえって遠ざけていると考えている」（『夏目漱石』）

千代子は、喜怒哀楽を明確にし、市蔵に気持ちをぶちまけるような積極性を持つという意味で、『草枕』の那美や、『虞美人草』の藤尾、『三四郎』の美禰子などの系譜とも見ることができる。これまであまりなかった女性キャラクターである。「恐れない女」であることが躍如としている。そして、たぶん千代子を形象しえたことは、『明暗』のヒロインお延（や津田の妹秀子）の外向的強さや、自我の鮮やかな発露につながっていくのだろう。『門』の御米や『行人』のお直の静かながらもデンとしたところのある女性像とは少し違う魅力的な個性といえよう。

さらに本書の問題意識からいえば、市蔵の言葉を使えば、「千代子と僕に高木を加えて三つ巴《ともえ》」が提起されると同時に、千代子が言うように、「嫉妬」という感情が入ってきたことが新しい展開として注目される。『三四郎』『それから』『門』には原則として問題にされなかった感情が「嫉妬」である。だからといって『彼岸過迄』から新しい三部作がはじまるとは思えないこともつけ加えておきたいのだが。「嫉妬」が注入されることによって、漱石における内容的な新テーマが設定されたとは思えない。

『彼岸過迄』は、構成的に実験小説であり、その方法は、『行人』『こころ』に先鞭をつけたものであるが、いささか統一感に欠けるものとなった。敬太郎が狂言回しではあるにしても、敬太郎が終始、語るわけではないし、三人称描写をしながら、「須永の話」「松本の話」では須永や松本の一人称叙述になっていたりして、そのあたりは不整合の批判を免れないだろう。

作中の短い一編「雨の降る日」は、漱石の娘が二歳にならずに身罷《みまか》った体験をそのまま書いていて哀感が籠もる。「此書を亡児雛子と亡友（朝日新聞の池辺）三山の霊に捧ぐ」と献辞している。後年になるが、志賀直哉が『和解』で我が子の死を看取ったときのことを書いたのと共通する悲痛な思いが伝わってくる。漱石は、その悲しみを遺《のこ》しておきたかったのだろうが、それを『彼岸過迄』の一章としてもってくる必然性があったのかどうかの判断はむずかしい。そういう意味では、この小説は、これまでのみごとな統一感のある小説群とは少し違和がある。どれが主筋で、なにが脇筋なのかがわかりにくい。だからストーリーがラストに向かって収斂されていかない。それだけ現代小説的であり、非構造性を意識的に目立たせているのかもしれない。それにしても「須永の話」は、漱石小説中の白眉のひとつであることに間違いはない。だが次節の「松本の話」も見逃せない。

●もうひとつのトライアングル

以下の『彼岸過迄』についての考察は、ここまでに比べていささか些末的なところがあることをお断りしておきたい。

市蔵と千代子、それに高木が、トライアングルを形成するのは見てきたように理解しやすいが、『彼岸過迄』には、もうひとつの三角の愛がある。深部に横たわる切なく悲しい愛の三角形は、この小説と漱石を解き明かすのに意外に重要に思える。まさに不等辺の愛の物語である。表面にはくっきりと形を表さないが、市蔵と千代子の愛の物語に深いところで影をおとしている。愛といえるかどうか疑問の残るところもあるが、市蔵より一世代前の須永家の物語である。

須永市蔵の父と母、それに須永家の小間使いによる三角の関係である。

市蔵の父が小間使いに手をつけて、子供を産ませた。それが市蔵である。市蔵の実母は「御弓《おゆみ》」だが、相当のカネを与えられ、里に帰されてしまった。その実母は若くして死んだという。市蔵の父の死も早かった。出生の秘密を伯父の松本から聞かされた市蔵は、母（実は義母になるわけだが）には気づかれずに墓所を探ろうとしたがわからなかった。市蔵の心にひそかに、しかしずっしりと実母への思いが堆積されている。

市蔵の父と小間使いの間に愛情があったのかどうかは言及されていないが、一九世紀的価値観からいえば、ほんものの愛情が介在したとは想像しにくいから、明確な三角は形成されなかっただろう。愛のないトライアングル。嫉妬のような感情は侵入のしようもなく、ブルジョア男の遊びと、子供を産まざるを得なかった貧しい女性の、無理矢理に消し去られていく悲しい「愛」の歴史がある。あるいは女性の屈辱の物語でもある。市蔵の父と小間使いの実母には子供が生まれたのであって、だから、その太い線は消すことができない。だが、ひとりの女性が須永家から抹殺されたのも事実である。「御弓」はこの時代の上層富裕層の犠牲者として、その死の真相も、どのように葬られたのかもわからない陰の女性であり、負の歴史に所属する部分である。二〇世紀前半までの日本近代は、真の内発的開化ができなかったと漱石は繰り返すが、この悲劇もその一環に位置する。

漱石の小説では、小間使いのほかに下女もふくめて、低階層にはこれまでほとんど目配りがされていないことはすでに述べた。そのような事情に漱石はあまり疑問を持っていない。時代の制約でもあろう。だが『彼岸過迄』はかなり例外的である。市蔵の出自の問題を漱石が提起したから必然ではあるが、『彼岸過迄』の評価にあたっては、このことを正当に位置づけていかねばなるまい。それは市蔵の実母が、下層の女性という漱石の小説では異例の設定になっていることもあって、市蔵が、「下層」の女性たちに、その実母のことも含めて、いくつかの思いをはせるところが出て来るからである。

その一人が、現在の市蔵の家につかえる小間使いの「作《さく》」である。市蔵の実母とはむろん無縁の女性である。市蔵の家は父の死後、母（実は義母）と市蔵の二人だけが大きな家に住んでいるが、母と子以外に「すべての世話」ができる小間使いがいる。母が不在のとき、「作」が市蔵の食事の世話をしてくれる。そんな時、市蔵はしみじみとした、そして落ちついた気持ちになる。そのあたりの描写が丁寧になされている。漱石小説にはこれまでなかったことである。市蔵は自分の日常のなかで「作」のことを意識などしたことがなかった。「作」がどこで生まれて、いかなる事情で須永家に奉公することになったかを知らない。その市蔵が「珍らしく彼女に優しい言葉を掛けた」のである。考えてみれば「僕と作とはそれまで殆《ほと》んど用の口より外に利いた事がなかったのである」。「作」が一九歳であることもここで初めて知る。市蔵の階層の人間は、下女の年齢などは知らない。何を食べて、何時に起きて寝て、どの程度の手当てをもらっているか、休日はどのくらいあるのか、休日に彼女は何をするのか等を、母親は市蔵に知らせる必要など感じていない。漱石も、全小説で、下女や小間使いの「賃金」にふれている個所はない。たぶん三畳で寝起きをする「作」の部屋など、市蔵の意識にのぼったことすらないだろう。それでも市蔵はあるとき、「僕はただ彼女の身の周囲《まわり》から出る落付いた、気安い、大人しやかな空気を愛したのである」。「僕の頭を静めてくれた」と感じる。

さらにまたのとき、市蔵は「僕の前に坐っている作の姿を見て、一筆がきの朝貌《あさがお》のような気がした」のである。同時に「作の顔を見て尊《たっ》とい感じ」さえ受けるのである。市蔵は「作」のなかに聖性を見ている。

だが漱石読者は、小説末尾近くで、市蔵の父親が二五年前に、小間使いに手をつけて身ごもらせたことを知ったとき、市蔵の父もまた「作」ならぬ「御弓」に、「落付いた、気安い、大人しやかな空気」を感じ、「一筆がきの朝貌《あさがお》」を見たのかもしれないという想像に身をゆだねたい気持ちになる。なるべきであろう。子供（市蔵）が生まれたとはそういうことの結果だったのかもしれない。市蔵とその父は、小間使いを見る目において同質、あるいは紙一重の差とも言えよう。市蔵が「恐れる男」であることは、あるいは、父親からの「血」について知らないながらも意識を超えたどこかで戦《おのの》いているからだろう。恐れふるえると言葉を変えてもよい。だが、「恐れる男」であるが故に市蔵は父親とは違うとも言える。そして漱石は、市蔵と千代子との関係とは違うものの、内面ではつながるもののあるもうひとつの愛のトライアングルを書いたのである。そこで、市蔵親子とは異次元の「御弓」（や「作」）の、押しつぶされていく階層の愛を描いたのかもしれない。だとすれば、『彼岸過迄』には、新しい漱石文学の一つの萌芽があったことになる。さらに、仮説を提示してみたい。

●「一筆がきの朝貌《あさがお》」

平岡敏夫が『漱石序説』で次のように記している。「須永の出生の〈秘密〉は、（帝大を）卒業する二、三カ月前、松本（叔父）によってはじめて明かされているので、〈停留所〉〈報告〉〈須永の話〉において、敬太郎が接している須永は、語りこそしないが、すでにその〈秘密〉を知っている人間である」。さらに、松本の二歳にもならぬ末娘宵子《よいこ》の原因不明の突然死を描いた連載八回分の小さい章は、漱石の末娘雛子の死をなぞっての鎮魂を込めた悲哀にみちたものであるが、この宵子の章〈雨の降る日〉が、『彼岸過迄』において、いつ起こったのかの時期がわからない、書いてないからであるとする。

その点について平岡は次のように書く。「〈雨の降る日〉における宵子の死はたしかに衝撃的な事件であった。この事件はいつごろ起こったものであるかはよくわからない。須永の大学在学中のことと思われるのだが、これがよくわからないということがまたこの小説のひとつの特徴ないしは問題になる…。もう一つの事件〔前述した市蔵と千代子のバトル〕は、この小説のメイン・ストリィからいっても中心になるほどのものであり、期日もはっきりしている。〈僕が大学の三年から四年に移る夏休みの出来事であった〉とあるから、卒業一年前、〈秘密〉を知る前年のことである」

なぜ平岡論文を引用したか。市蔵が、実母の秘密を知った時期についてもう少し検討してみたいからである。本当に「卒業する二、三カ月前」なのかどうかである。

市蔵にも千代子にも叔父である松本の幼児宵子が原因不明の死をとげる。この幼児の葬儀後、火葬場で宵子の母親御仙《おせん》と市蔵と千代子が骨上《こつあ》げを待つところがある。その時に、宵子の守《も》り役をしてきた清《きよ》という下女もいて、四人が来ている。千代子が市蔵に「貴方のような不人情な人はこんな時には一層《いっそ》来ない方がいいわ。宵子さんが死んだって、涙一つ零《こぼ》すじゃなし」と、親しいが故の容赦ない批判をする。その後に次の一節がある。

御仙は二人の口論を聞かない人のように、用事を済ますとすぐ待合所の方へ歩いて行った。其所《そこ》へ腰を掛けてから、立っている千代子を手招きした。千代子はすぐ叔母（御仙）の傍へ来て座に着いた。須永（市蔵）も続いて這入って来た。そうして二人の向側にある涼《すず》み台見たようなものの上に腰を掛けた。清も御掛けといって自分の席を割《さ》いて遣《や》った。（傍線は筆者）

傍線部「清も御掛け…」にこだわってみたい。ここでの「自分」は、「御仙」ではなく「市蔵」であるとも読みとることができるのではないか。だとすると、涼み台に腰を掛けている市蔵が、下女のためにみずからの「席を割いて」まで横に座らせるとは、しかも下女への優しさを示すのが千代子ではないことにも留意すべきであるが、この時代にはなかなか出来ないことであろう。社会的にはありえない。階層の違いが峻別されている時代だから、あるいはあってはいけないことかもしれない、とさえ言ってよい。骨を白い壺に入れる時も、下女が「ぽたぽたと涙を落した」との一文があるのも見落としてはならないだろう。千代子から「貴方のような不人情な人」と、面と向かってそしられるような市蔵の深奥の優しさが出てくる。この市蔵の優しさを、市蔵自身が、身分違いの下層の母から生まれた、という事実を知っていた根拠とすることはできないだろうか。あるいは、市蔵は、明確な事実としては知ってはいなくても感じてはいたとの想像までは、ここでの「自分」が「御仙」であったとしても許されるだろう。

市蔵の優しさを推測する次の根拠は、市蔵自身が「僕の最も気になるのは、僕の顔が父にだけ似て、母とはまるで縁のない目鼻立に出来上っている事であった」とあり、それは「過去幾年かの間」とあって、千代子との衝突が、二年か三年前なら、さらにずっとさかのぼることになる。つまり顔が似る似ないについては、宵子の死よりもかなり以前の話だからであるとしたい。さらなる拠り所はすでにあげたが、小間使いの「作」を「一筆がきの朝貌《あさがお》」のような清冽さをもった女性と感じ、ある種の聖性を市蔵が感じていることである。このような優しさがはぐくまれてくるのは、みずからの出生の秘密を知ってからだとするのが自然だろう。

要するに、市蔵は、以前からうすうす感じていたのである。「作」（や「清」）に優しさをみるのとは直接には結びつかないかもしれないが、出生にかかわるぼんやりした不安が、市蔵を「恐れる男」にし、階層の低い弱い人たちへの心優しさとして表れたのである。そのことが千代子への愛とどのようにかかわるかはさらに検討しなければならないが「恐れる男」としての市蔵の引っ込み思案の由来は理解出来るとしてよいだろう。

『彼岸過迄』における、陰になっているもう一つの愛のトライアングル（love triangle）は、思うより重い意味が賦与されるのではないだろうか。同時に、この市蔵の優しさを描ける漱石が、修善寺の大患以後には胚胎《はいたい》してきていることを見とることも重要だろう。

第六章『行人』

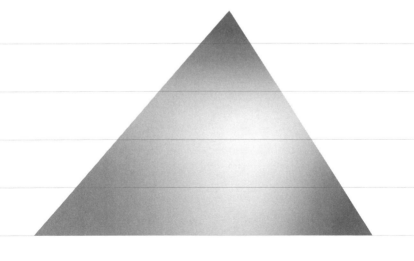

●霊と肉

（あらすじ）

長野二郎は、兄一郎から、妻お直が弟の自分を愛しているかもしれず、貞操を調べてくれと頼まれ、困惑しつつも引き受ける。お直と和歌山に出かけるが嵐で宿にとじこめられる。次の日、二人はこともなく帰宅するが、一郎は妻が信じられない。一郎は悩んだ末に友人Ｈと旅行にでかける。Ｈから二郎に、一郎の悩みは深いがいつか克服できるだろうとの手紙が届くのだった。

漱石は、小説に手を染めて以来、みずからが図示した六パターン（Ｐ117）を縦横に組みあわせながら、愛のトライアングルを描き続け、多様な葛藤のなかで、人間は、愛を試され、愛を確認し、また人間存在の深淵を知るものだということを探ってきた。

『門』を書いたとき、愛のひとつの完結を示したといえるだろう。人間の愛における安定の形をみつけたことはたしかである。あまりにもひそやかで二人だけの閉じられたものであり、他者との関係性を断ち切る愛であることが気になるし、その点では読み手の評価も必然的に分かれるが、宗助と御米との愛の完結は、トライアングル状態を消滅させたともいえる。確固たる二項結合が成立したからである。とはいいながら以後も、漱石は不等辺の三角の愛を描きつつ、その先を見ようとした。愛の完結形なんてありえないからである。人間が人間である以上、愛は試され、その形は「不等辺」な形で無数のものに多様化して、人間を愛の喜びと苦しみや悲しみのるつぼに巻き込み続けるだろう。人間にとって愛は永遠の「運動体」である。

『門』の次は『彼岸過迄』であるが、ここでは三角の愛のなかに「嫉妬」を、一滴、落とし込んでみたらどうなるかを試みたものであった。振り返ってみると、漱石のそれまでのトライアングルの愛の物語には「嫉妬」という感情の注入が稀薄であったのがわかる。『虞美人草』の藤尾の自死の原因となったものは、嫉妬よりもっと強い支配欲の挫折だったろう。その気持ちが強いがゆえに、敗北した自分を勝者たちの前にさらしたくなかった。『それから』の男二人女一人も、嫉妬という気分はあまりないところで、今日の三角は、明日の時点で違う三角になっている感じであった。その不等辺三角形は可逆的であったように思える。正三角形でも二等辺三角形でもないのだから、不安定な形であったということになる。というより、人間の愛の形はつねに揺れており、それがトライアングルであるならば、いつも形を変え続ける不等辺のトライアングルであることを宿命とする。

次の『行人』の愛のトライアングルにも嫉妬がついてまわるし、この感情は強烈であるが、奇妙な三角の関係をもう少し具体的にみることにしよう。

長野一郎は大学教授で、弟の二郎もまずは帝大出身であり、生活には困らないものの一郎ほどの才能はなく、普通の会社員である。その二郎が大阪に旅行中のとき、一郎が妻のお直（直《なお》）を伴ってやってきて二郎と合流する。一郎は、二郎に話があるという。余分のないストレートな話であって、読む者はドキリとさせられる。一郎が、それだけ精神的にせっぱ詰まったところにいるということでもある。

「実は直《なお》のことだがね」…

「嫂《ねえ》さんがどうかしたんですか」…

「直は御前に惚《ほれ》てるんじゃないか」

兄の言葉は突然であった。かつ普通兄の有《も》っている品格にあたいしなかった。

「どうして」

「どうしてと聞かれると困る。それから失礼だと怒られてはなお困る。何も文《ふみ》を拾ったとか、接吻したところを見たとかいう実証から来た話ではないんだから。本当いうと表向こんな愚劣な問を、いやしくも夫たる己《おれ》が、他人に向って掛られた訳のものではない。ないが相手が御前だから己も己の体面を構わずに、聞き悪《にく》いところを我慢して聞くんだ。だからいってくれ」

「だって嫂《ねえ》さんですぜ相手は。夫のある婦人、殊に現在の嫂《あによめ》ですぜ」


意表をつく発言、いや兄の言葉は常識では考えられない。超エリートの帝大教授、そんな学者の言葉とは思えない。世間智にたけていないし、「品格」にも欠ける。リアリティもないだろう。だが一郎はきわめて正直、そして真面目である。普通なら怒りとともに、ノーの答が返ってくることはわかっている。「聞きたいのは、もっと奥の奥の底にある御前の感じだ。その本当のところをどうぞ聞かしてくれ」。

嫂のお直との間に、兄が心配するようなことは何もない。同じ屋敷内にも住む。一児の父と母である兄夫婦と、二郎、さらに両親が同居する、今でいう三世帯家族である。二郎をパラサイト・シングルとすれば、かなりの大家族である。だが、この家庭には普通の日常があるだけであり、間違いが起こるはずがない。兄弟は、いわば現実的とは思えない問答を繰り返す。二郎は、尊敬する兄であるから、兄の言葉に耳を傾け続ける。そして一郎は、たぶん、この小説でもっとも重要だと思われる言葉を二郎に向かって発する。イギリスの文学者ジョージ・メレジスの言ってることだとある。

その人の書翰の一つのうちに彼はこんな事をいっている。自分は女の容貌に満足する人を見ると羨《うらや》ましい。女の肉に満足する人を見ても羨ましい。自分はどうあっても女の霊というか魂というか、いわゆるスピリットを攫《つか》まなければ満足が出来ない。…しかし二郎、おれが霊も魂もいわゆるスピリットも攫まない女と結婚している事だけは慥《たしか》だ。

なんとも日常会話として成り立たないかたちで、『行人』のもっとも重要な、いわばテーマが提起される。リアリズム小説としては成立しにくい観念性を持つ。『門』を漱石小説のひとつの完成形だと述べてきたが、『行人』は『門』的な、日常をとりこむこともしながら、しかし人間の生活を描くという意味では、度を超してデフォルメされて人々が入り乱れるように思える。しかもこれまでの漱石小説よりも観念的である。ともあれ漱石が、この小説で何を問いたいのかが明確に示されたことになる。やはり文学以外の何物でもない。

霊とか魂は「心」で、肉は「肉欲＝性」ということであろう。男と女の愛は、「心と性」の両方が一体となったときに成立することであって、その片方だけでは、真の愛とはいえないという古典的な提示である。二〇世紀初頭、それ自体はまともであり、どうということはない。だが兄と弟が、兄の妻を話題にして話をしているのは尋常ではない。

夫婦であり、子供まで成しているのだから、「性」の合一にはある程度到達したかもしれないが、「心」がつかみきれないという男の苦悩が描かれる。いや、男の悲劇であり、そこに弟が巻き込まれる。とりわけ妻のお直にとっても悲劇的である。ある種の実験小説ともいえる。現実にはありえない物語設定をして、そこに登場人物を放り込む。テーマとしては納得出来るが、リアリズム小説としては、どこかぎくしゃくしたものとして物語は展開し始める。

●嫂《あによめ》との一夜

一郎の懐疑は、さらなる二郎への無理難題として提示される。翌日である。

「二郎実は頼みがあるんだが。…少しいい悪《にく》い事なんだがな。…うん己《おれ》は御前を信用しているから話すよ。しかし驚いてくれるな。…直の節操を御前に試してもらいたいのだ」

一郎は具体的な提案をする。もうここまでくるとリアリティの有無を考えたりするのは意味がない。「いい悪《にく》い事」なのは当然、ほとんど無理無体である。漱石のつくりだす突飛な発想につっかって読み続けるしかない。二郎が嫂のお直を連れて、和歌山で一泊して、そこで何もないことを証明してきてほしいというのである。いやだと渋る二郎を、一郎は、「じゃ頼むまい。その代り己は生涯御前を疑ぐるよ」と迫る。「そりゃ困る」「困るなら己の頼む通り遣ってくれ」「兄さんは僕を疑ぐっていらっしゃるでしょう。そんな無理を仰《おっ》しゃるのは」「信じているから頼むのだ」。えんえんと続く不毛ともいえる押し問答。そして人間不信。いや、人間信頼への渇望でもある。ともあれ、漱石の筆の運びは確信的のようである。どこかで精神が壊れている兄と、その圧倒的迫力にたじたじで押されていく弟の葛藤が、ぐいぐいと読む者の心に響いてくる。

結局、二郎は一郎の手前勝手な理屈に太刀打ちできない。一泊しないで日帰りにして、そこで嫂の気持ちを確かめるということで妥協が成立する。日帰り。その二人旅で、二郎はお直の心をのぞき、本心を聞きださねばならない。まことに奇妙な道行きとなる。電車に乗って並んで腰をかける。会話の抄録を続けよう。直が話しかける。

「貴方今日は珍らしく黙っていらっしゃるのね。何故そんなに黙っていらっしゃるの」

「あなた兄さんにそんな事をいったことがありますか」

「何故そんな詰らない事を聞くのよ。…そりゃ夫婦ですもの、その位な事いった覚はあるでしょうよ。それがどうしたの」

「どうもしやしません。兄さんにもそういう親しい言葉を始終掛《かけ》て上げて下さいというだけです」


お直は、ただ「蒼白い頬へ少し血を寄せた」とあるが、一郎とお直は、二郎とお直のように自然体での話ができない。だから夫婦の関係が悲劇的なのである。

雨が降ってきた。二人は話をするべく料理屋へ入る。二郎は、自分の使命を心得ている。嫂の本心を聞き、自分が潔白であることを明確にして、待っている兄に、正直に報告すればよい。それにしても、いったいお直は、どのように説得されてこの不可思議な一日旅行を了解したのだろう。会話は続く。


「用があるなら早く仰《おつし》ゃいな」…

「催促されたってちょっといえる事じゃありません。…本当に真面目な事なんだから」

「だから早く仰しゃいな」…

「姉さんはいくつでしたっけね」…

「これでもまだ若いのよ。貴方よりよっぽど下のつもりですわ」

「兄さんとこへ来てからもう何年になりますかね」…

「妾《あたし》そんな事みんな忘れちまったわ。だいち自分の年さえ忘れる位ですもの」…

「兄さんにだけはもう少し気を付けて親切にして上げて下さい」

「妾そんなに兄さんに不親切に見えて。これでも出来るだけの事は兄さんにして上《あげ》てるつもりよ。兄さんばかりじゃないわ。貴方にだってそうでしょう。ねえ二郎さん」

話が前進しない。それにもともとどのように話し、いかなる言葉を嫂から聞けば任務を果たすことができるのかさえわからない。だが話をすすめなければならない。ここに至ってお直はなかなか雄弁になる

「正直なところ姉さんは兄さんが好きなんですか、また嫌いなんですか」…

「貴方何の必要があってそんな事を聞くの。兄さんが好きか嫌いかなんて。妾《わたし》が兄さん以外に好いている男でもあると思っていらっしゃるの」

気がつくと雨がひどくなっている。天候がよくない。女中がやってきて、「暴風雨」だと告げる。「電話が切れて話が通じないという事を知った。電車が通じないという事も知った」。もう今日中の帰宅は無理である。暴風雨になって、二人は料理屋から宿屋に移り部屋に入る。猛烈な風雨である。電灯が「ぱたりと消えた」。「二人は暗黒のうちに坐っていた」

「姉さん」「何よ」

「いるんですか」

「いるわ貴方。人間ですもの。嘘だと思うなら此処《ここ》へ来て手で障《さわ》って御覧なさい」

自分は手探《てさぐ》りに捜り寄って見たい気がした。けれどもそれほどの度胸がなかった。そのうち彼女の坐っている見当で女帯《おんなおび》の擦《す》れる音がした。

「姉さん何かしているんですか」

「ええ」

「何をしているんですか」と再び聞いた。

「先刻《さつき》下女が浴衣《ゆかた》を持って来たから、着換えようと思って、今帯を解いているところです」

漱石の小説中、もっとも男女の濃厚さを描いているとして有名なところである。「手捜りに捜り寄って見たい」とは、もはやラブシーンである。さらに時間は経過する。

「これから二人で和歌の浦へ行って波でも津嘯《つなみ》でも構わない。一所に飛び込んで御目《おめ》に懸けましょうか」

「あなたは今夜は昂奮している」…

「妾《あたし》の方が貴方よりどの位落ち付いているか知れやしない。大抵の男は意気地なしね、いざとなると」

これまた女性の情念のすごさを描写した漱石文学中随一のものだろう。和歌の浦に「飛び込んで」というのは次の説でくりかえされるから、お直の居直ったときの決意には猛烈なものがあるということである。次のような言い方もする。

「あなた昂奮昂奮って、よく仰《おつ》しゃるけれども妾《あたし》ゃ貴方よりいくら落付いてるか解りゃしないわ。何時でも覚悟ができてるんですもの」

「兄」の章の第三五、三七、三八節からである。なにしろ、『門』では、男女が結ばれる決定的なシーンでも、「大風は突然不用意の二人を吹き倒したのである」としか書かない漱石が、あえて直接的ともいえる描写をしている。大岡昇平は、「これは相当きわどい、むしろ挑発的といってもいい言葉ですね。…二郎も無意識に魅《ひ》かれていて、一郎のへんな頼みを引き受けるとも取れます。お直の挑発に乗ってもいいのですけれども、けっきょく二郎は〈意気地なし〉で、なんにも起こらない」と書いている。二郎は三四郎の系譜でもある。『三四郎』の汽車で出会った女は、少なくとも宿屋では挑発してこなかった。『行人』は、ここに見たようにお直の誘いともいえる発言にもかかわらず、それ以上のことにはならない。漱石小説の男の系列としては、三四郎、市蔵、そして二郎という系譜と、代助、宗助のような「姦通」へと突っ走るのと、二つがあるように思える。さしずめ男にも「恐れる男」と「恐れない男」の二通りがあるのだろうか。むろん、お直は、千代子（『彼岸過迄』）の後を継いでいることになる。ふたりは嵐の宿のなかで一夜をすごし、「翌日は昨日とは打って変って美しい空を朝まだきから仰ぐ事を得た」。

●お直の訪問

帰ってきた二郎は、和歌山でのことを報告する。「姉さんの人格について、御疑いになるところはまるでありません」。何か言いたそうな気配をみせながらも一郎は何も言わなかった。だが何も言わなかったことは何も思わないことを意味しない。一郎の心は内向しつつ、弟への疑いを増幅させる。お直が一郎に何も喋ろうとしないことにも一郎は傷ついていた。一郎とお直の様子は同じ屋根の下に生活する二郎の目にも、その変化がわかった。日一日と、お直は喋らない女になっていく。家のなかで二郎と会ってもほとんど喋らない。二郎はいたたまれない気持ちになる。自分にはやましいところはないのに、一郎もお直もこれまでの様子とは違う。ついに二郎は家を出る決意をする。兄夫婦と同じ屋根の下に住むことはもうできない。彼は逃げ出すように食事付きの「高等下宿」に引っ越す。そこから会社に通うことにする。

さて、作品の半分近くに達したところで、二郎が母親に次のように言うところがある。

「僕が固《もと》から少し姉さんと知り合《あい》だったので」

これをどう理解するかによって『行人』の読みとりかたは変わる。「知り合だった」との表現は、単なる顔と名前を「知っていた」程度とは質的に違うだろう。顔や名前を知っていて一度会っただけなら「知り合」とは言わない。もう少し持続的接点があったと判断するのが常識的である。恋人であったとは思えないが、ひそかに好感をもちあっていたくらいまでなら容認できよう。ところが、この発言を、二郎は開けっ広げに自分の母親の前でしている。だとすると二郎とお直が、いわく因縁のある知り合いではなく、公明正大で、単に名前と顔が一致したというくらいに小さなプラスα程度の「知り合」であったとも理解できる。

あえて挙げればもう一つ。一郎が「直は御前に惚《ほれ》てるんじゃないか」と最初につめよった時に二郎が「だって嫂《ねえ》さんですぜ相手は。夫のある婦人、殊に現在の嫂ですぜ」と応えている、すでに引用したが、無理をすれば、「現在」に対置すべき「殊に過去」があったとも読解できる。かつての「知り合《あい》」と関連しての神経質な推測である。

だが次の事実は極めて大きい。二郎が、「自分はとうとう家を出た」後、突然にお直が、一人住まいの二郎を、しかも夜に尋ねてくることで、読者はいっきに二人の間の距離が近いことを思い知らされる。これは過去の「知り合《あい》」がどうのとは次元が違う。お直は二郎の部屋に入ってきて畳の上に座り、「白い指を火鉢の上に翳《かざ》し」ながら、「二郎さん、貴方も手を出して御あたりなさいな」という。本来なら部屋の主の二郎の台詞であるはずである。主客が転倒している。火鉢に手を翳すお直を「手爪先《てづまさき》の尋常な女であった」と表現している。これは岩波文庫版の「注」では、「指が細くて白く、揃えて伸ばしたときの手先の美しい女」としている。二郎が、以前にお直の手を、一度や二度ではなく、目に焼きついた印象なり想い出としてもっていたからこその表現だと解釈できる。いつ、どこで、いかなる状況で、二郎はそれを見たことがあるのか。一度か数回か。二人の「知り合」の質量が再度問われることにもなる。さらに下宿部屋での二人の応対の様子を描いた部分に次のような一文があるのも気になる。

今自白すると腹の中は話の調子で示されるほど穏《おだや》かなものでは決してなかった。自分は嫂がこの下宿へ訪ねて来ようとはその時まで決して予期していなかったのである。空想にすら描いていなかったのである。彼女の姿を上り口の土間に見出した時自分ははっと驚いた。そうしてその驚きは喜びの驚きよりもむしろ不安の驚きであった。（傍線は筆者）

どのように読みとるのか。「今自白すると」の「今」とはいつのことか。現在同じ部屋にいる「今」なのか、後日、後年から振り返ってのことなのか。二郎の「今」、お直の「今」、一郎の「今」が、どうなっている「今」なのだろう。仮に単なる言葉の綾として理解するのであれば、この「今」にこだわってはいけないのだろうが。

このあたりで、推測的な詮索は終わりたいが、『行人』の主要な題材が、愛のトライアングルであることは明確である。一郎とお直の、いっけん波たたずのように見えた関係が、「直は御前に惚てるんじゃないか」という一郎の二郎への表明で、いっきに崩れる。一郎とお直の間にあった夫婦の安定しているかにみえる「二項結合」が、二郎をも巻き込んで、いっきに不安定な不等辺三角の関係になる。どうして不等辺なのか。それは一郎の頭のなかでだけ成立した三角形であって、三角が成立するのかどうかさえ明確ではない。読み進めるなかで、二郎とお直の間になんらかの線がひけるかもと思えてくるが、ともあれ三人の三角の中味は、もうろうとしてつかみどころがない。一郎の「嫉妬」は、妄想だけではないにしても、だからといって実態はつかめない。むしろ一郎が、お直と二郎を結び付けようとしているようにもとれる。二郎も一郎もいわくありげであるものの、漱石はあいまいのままに小説の筆をおいている。『行人』自体は漱石のこれまでの小説の流れからいってむろん明確なラブストーリーの位置を与えられるはずである。まさに老練、あるいは老獪ともいえる小説家漱石のテクニックに一〇〇年たっての読者が興味津々で振りまわされ魅惑される。それだけの力を漱石の小説は持っている。

●「人間全体の不安」

不条理な愛の物語が展開されたが、行きつくのは、近代人の底なしの孤独とそこから発生する不安や嫉妬である。漱石は、小説の主人公を二郎であるように見せつつ展開させてきた。だが結局は、一郎がかかえているお直との「霊と肉」の愛を成就させてこそという、愛の究極を求める困難さを描きつつ、一郎の孤独地獄を描くストーリーである。

一郎とその友人Hさんとが旅に出て、旅先から、Hさんが二郎に出す長文の手紙＝手記で『行人』は終わっている。いささか唐突の感はぬぐえず、漱石の病気による連載の一時中断が、再開のときに構成を変えさせたようだが、ここでは触れない。手紙手法は次の『こころ』に引き継がれそこで優れた達成になるが、一郎がもだえ苦しむ姿がえんえんと友人の手紙に描き出されている。一郎が、人間不信におちいり、絶対的な孤独のなかで神経衰弱になって悩む。「死ぬか、気が違うか、それでなければ宗教に入るか。僕の前途にはこの三つのものしかない」。どれをとっても行き詰まりである。この絶望感と呼応するのが、妻お直の存在である。一郎の悩みをお直にても理解しろといっても無理である。死、狂気、宗教までが入ってきた。到底、お直は一郎の苦悩を共有できない。Hさんの手紙には次のようなことが書かれていた。兄一郎は「一切の重荷を卸《おろ》して楽になりたいのです。兄さんはその重荷を預かってもらう神を有《も》てないのです」。それでも「兄さんは段々落付いて来るようです。私はもっと早く兄さんを此処《ここ》へ連れてくれば好かったと思いました」

愛のトライアングルで悩み苦しむ男女を描きながら、一郎を通して漱石は人間存在の全苦悩を背負っているような展開をさせる。飛躍があるようにも思えるが、社会や時代や文明の「発展」、要するに一九世紀後半から二〇世紀初頭へかけてのあまりにもドラスティック（＝徹底的で過激な）な科学の進歩が、人間存在や人間の愛のあり方にまで影を落としているように思える。科学の急激な発展、しかも「外発的」なものに精神がついていけずに人を不安にする。人間にとって、付け焼き刃的な文明や科学の進歩が、意図とは逆に、いつか人間性を摩滅させる「恐ろしい」ものになっていく。次はHさんの手紙にある一郎の言葉である。

人間の不安は科学の発展から来る。進んで止まる事を知らない科学は、かつて我々に止まる事を許してくれた事がない。徒歩から俥《くるま》、俥から馬車、馬車から汽車、汽車から自動車、それから航空船、それから飛行機と、どこまで行っても休ませてくれない。どこまで伴《つ》れて行かれるか分らない。実に恐ろしい。…要するに僕は人間全体の不安を、自分一人に集めて、そのまた不安を、一刻一分の短時間に煮詰めた恐ろしさを経験している。（傍線は筆者）

『行人』「塵労《じんろう》」編の第三十二節にあるが、一五〇〇字ほどのなかに、一郎を借りて漱石は、一三回も「恐ろしい」を使っている。一郎の不安と「恐ろしい」と感じる心は、一〇〇年後の現代二一世紀における人間の苦悩とほとんど同じである。二一世紀人の苦悩の自覚が漱石ほど深刻で真摯でない点では、二一世紀の方がいっそう深刻で危機的かもしれない。二一世紀人には、「科学」の発展を「恐ろしい」側面を色濃く持つと把握する知性、理性、感性があるのだろうか。一郎的ないしは漱石的懐疑や「恐ろしい」とする姿勢は、原子力や核をもった現代だからこそ、もっと切実なはずである。そんな懐疑が二一世紀人に稀薄なことが「恐ろしい」。漱石の時代をはるかにこえた洞察力を、現代人が身につけることが焦眉の課題なのではないか。

漱石は一郎を通じて時代への不安を語り、文明の質への危惧を吐露する。科学の限りない「発展」をともなった上滑りのものまね的開化では行き止まりになる。富国強兵という一本柱の国づくりに、国家の基本的危機をみている。「内発的開化」とはほど遠い。さらにつけ加えれば、人間の心を置き去りにした無限の科学の発達にいかに人間が対応し、過剰を制御するかという未解明な課題もある。このままでは「恐ろしい」はさらにふくれあがる。

●幸福と自由を他に与える――いまなぜ漱石か

漱石は「人間全体の不安」を一人で背負ったような先駆的日本人であった。だが、それ以上の深い考察には進めなかった。一郎の背負っているもの、すなわち漱石に課せられたものでもあるが、日本の大きすぎる課題の前で身動きがとれなくなった。深くて重い国家的問題、あるいは文明的課題である。事実、二〇世紀前半のこの国は、「進んで止まる事を知らない科学」を制御できなかったことも含め、破滅に突き進んだ。

漱石の死去の一九一六年に吉野作造が「憲政の本義を説いて其の有終の美を済《な》すの途《みち》を論ず」を発表し「民本主義」をとなえ、大正デモクラシーの市民時代を一定程度開花させる。だが以後、軍国主義への泥沼に堕ちていく。漱石は「科学の発展」に休みが保障されない不安にかられつつ、我が亡き後の地獄を感じとっていたのかもしれない。漱石自身、『点頭録』（『全集』第一一巻一九一六年）で、第一次世界大戦のドイツ「軍国主義」への危惧を表明している。「列強の平和とはつまり腕力の平均に外ならない」としつつ、軍国主義という「時代錯誤的精神が、自由と平和を愛する」人々に「多大の影響を与えた事を悲しむ」とも書く。残念ながら漱石の危惧は的中した。

ここでは、『私の個人主義』（一九一四年）と題した講演で、国家と国民のあり方にかかわって、「自己本位」であることの必要性を説いていることにも、触れておかねばならない。漱石が使う「自己本位」を言葉の字面で理解してはならない。この意味は深い。

近頃自我とか自覚とか唱えていくら自分の勝手な真似をしても構わないという符徴《ふちょう》に使うようですが、その中には甚だ怪しいのが沢山あります。彼らは自分の自我をあくまで尊重するような事をいいながら、他人の自我に至っては毫も認めていないのです。いやしくも公平の眼を具し正義の観念を有《も》つ以上は、自分の幸福のために自分の個性を発展して行くと同時に、その自由を他にも与えなければ済まん事だと私は信じて疑わないのです。（傍線は筆者）

「他の存在を尊敬すると同時に自分の存在を尊敬するというのが私の解釈なのです」とも言っている。自他ともに幸福を獲得してこそ、真の自分＝自己の幸せもあるとの主張こそ、漱石のヒューマニズムの根本である。小宮豊隆の「漱石の自分本位は、他人の自分本位に対する十分な思いやりを条件としている」という「解説」で必要充分であろう（『全集』第一一巻）。自他ともに自己本位を貫くことができる社会が望まれ、真の個人主義がまっとうできるのが大事だと言い、「他」の幸福追求の自由を尊重すべしと説いたのが一九一四年だというのはまさに驚異である。

もうひとつ。漱石は「自分」と「他人」の共生共存を言っているが、ここでの自と他は個人としての存在である。ところが、一人ひとりは、自他ともに国家に所属することも必然となる。ここに個人と国家の関係が問題となる。漱石はこの講演で、個人と国家の関係を次のように言いきる。国家は、「低級な道徳に甘んじて平気で」いるから、自他のいずれにしろ個人の「徳義心の高い個人主義にやはり重きを置く方が、私にはどうしても当然のように思われます」。そして漱石は次のように大胆に断じるのである。

国家的道徳というものは個人的道徳に比べると、ずっと段の低いもののように見える事です。

国家と個人との関係は、漱石には自明のことであり、ここからは軍国主義擁護が出てくる余地はまったくない。漱石の言説に二一世紀の日本国は耳を傾けようとしていないのではないか。

さらに漱石はもうひとつ、講演『私の個人主義』で重要な提起をしている。講演が、エリート養成の「学習院」の学生の前でなされた事実から発するものであり、それを漱石は自覚したうえで、講演そのものの構想を練っている。「他人」の「幸福」獲得を「妨害してはならない」ということを言い添えているところではっきりわかる。なぜ他人の幸福を妨害してはならないかを聴衆の学生に言いきかせる。

（学生の）貴方がたは正《まさ》しく妨害し得る地位に将来立つ人が多いからです。貴方がたのうちには権力を用い得る人があり、また金力を用い得る人が沢山あるからです。

漱石の講演を聞いている若い人たちは、権力者や有産階級として特権的地位を約束された「学習院」の学生である。格差社会、学歴偏重社会で、支配的な立場になることを約束された者に、漱石が自省自戒を求め、もっといえば警告を発している意味は大きい。漱石は、必死の決意性をもって学習院での演壇に立ったのである。

漱石が深く心にとめていた「内発的開化」「軍国主義」「自己本位」の問題は、日露戦争後、第一次世界大戦期の、日本の国家的、そして国民個人としての課題（とその危険性）が何であるかを言い当てている。深い洞察にみちた人間主義である。漱石が心配した彼らエリートは、この国を自他ともに「幸福」獲得に導いたのかどうか。

漱石が描き続けた真摯にして痛切な愛の物語は、漱石のヒューマンな問題意識を根底にすえてのものである。それは軽々には論じられないし、愛のトライアングルを探っている本書とは多少のへだたりはあるが、にもかかわらず、この重く深いものを見極める姿勢をぬきに漱石を読むことはできない。

なぜいま漱石か。どうして没後一〇〇年も読み続けられ、読む者の心を多様な形でつかむのか。読者の問題意識に応じて、生きる意味を問いかけてくるからであろう。これからも、この国に生きる主権者に自他の幸福とすべての人々の平和を探る手掛かりを与えてくれるものとして漱石は読み継がれていく。漱石を受け継ぎつつ、いかに超えていくのか。

第七章『こころ』

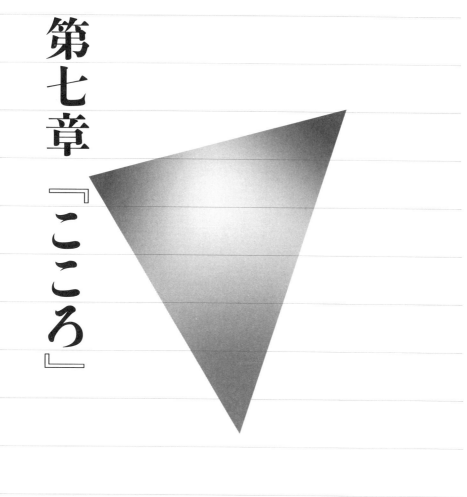

●ミステリー仕立て

『こころ』の概略を確認しておこう。「上」「中」「下」という三部構成であることが重要であることを心にとめたい。漱石作品では、『彼岸過迄』と『行人』で、短編積み立て方式を試み、それは漱石の旺盛な進取的模索であった。そのことは評価しなければならないが、結果的には、組み立て方が不整序で必ずしも成功とはいえなかった。その反省もふくめて、さらなる構成上の試みをし、それが成功もし、内容的にも深いものを追究できたのが『こころ』である。漱石作品中、『坊っちゃん』とともに、しかし『坊っちゃん』を超えてもっともよく読まれているのが『こころ』である。暗鬱な漱石がもろに前面に出てくる作品であるのに支持されるのは、深い感銘を残す普遍性をもつからであろう。次は概要。

「上　先生と私」――「先生」は若くして両親をなくし、遺産を叔父にだましとられ、カネの魔力を知り、人間不信に陥った、と大学卒業前の「私」に語る。「先生」は「奥さん」と静かに暮らす高等遊民だが、「私」は、もっと先生のすべて、とりわけ過去を知りたい。だが「先生」の口は堅い。「先生」はいずれ時が来たらすべてを語ると約束する。

「中　両親と私」――「私」が大学を卒業して帰省すると、喜んでくれた父が危篤となる。明治天皇の死、乃木希典の殉死が続く。「先生」から長い手紙が届く。「私」は急遽上京を決意し、列車で「先生」の生涯を綴った遺書を読みはじめる。

「下　先生と遺書」――かつて大学生であった「先生」は、奥さんと「お嬢さん」（「上」の奥さん）の家に下宿をして大事にされ、人間不信を解消していく。同時に「お嬢さん」に愛情をいだく。「先生」は親友のKの窮状を知って同居させる。Kから「お嬢さん」への恋情を突然に告白された時、「先生」はKを裏切って「お嬢さん」にプロポーズ。それを知ったKは自殺する。「先生」は自分さえ信じられなくなる。何も知らない「お嬢さん」は「先生」と結婚するが、二人の人生は寂しい。そんな時に「私」が二人の前に現れたのである。「先生」は、明治という時代の終焉とともに自死を決意し、若い「私」に遺書を書くのだった。

『こころ』は、まるで心理的推理小説のような構成になっている。上質なミステリーでもある。「上」で、おどろくほどの数と質の謎を提示して、「中」というインターバルを置きつつ、巧みに「先生」の自裁の契機を作り出す離れ業も試みている。さらに謎解きへの期待を高めつつ、先生からの遺書の一部だけを流し読みして「私」を東京へ行くために列車に飛び乗らせる。このあたりは、読む者をして、「私」といっしょになって一刻も早く手紙を読みたいと思わせる。「遺書」だとわかっていることが、スリリングな気分を倍加させる。『こころ』は漱石の小説技法の巧みさを際立たせるもっとも顕著な作品であるが、この「中」から「下」への流れのつくりかたは、Kの自殺前後のストーリーテリングな展開とともに鮮やかである。繰り返して読んでいる読者なら、内容がわかっているにもかかわらず、毎回はやる思いにさせられる。

「下」では、「上」での謎が一つずつ解かれる。多くのベールが少しずつはがされていき大団円となる。めでたしめでたしではなく、逆のパセティックで暗いエンディングだが、読む者の心を洗ってくれる。いわゆるカタルシス作用である。

ミステリー性を、順を追って読み取っていきたい。本章における『こころ』についての考察と叙述は、小説の各節を読みながらの検討が中心になるはずである。「上」の存在がいかに重要かよくわかる。各節ごとに見ていこう。

●「謎」の提示

一、二、三（全三六節）　鎌倉海岸にて。「私」が海水浴場で「先生」と知り合うのは、「先生」が外国人といっしょに泳いでいるのが目立ったからである。以後、「先生」の生活や、その生涯が少しずつわかってくるが、この隠遁生活者が、なぜ鎌倉で外国人と泳いでいたのかは、最後までわからずじまいである。当時の鎌倉が避暑地でもあることは『彼岸過迄』にも出てくるし、夏目家も子供のためにひと夏、一二〇円で小さな家を借りたこともある。水泳を楽しむのであれば鎌倉はまずは順当なところと考えてよい。だがわざわざ先生が外国人を案内して鎌倉くんだりへ出て来る必然性は、小説を読む限りではわからない。なぜ外国人なのか。ただし第九節には、「先生」夫妻が、箱根などへ「一週間以内の旅行」を、それも、二、三度以上したという記述があるから、絶対に無理だという設定ではなかろう。

いささか深読みをすれば、海水浴場で、「先生」と「私」だけは、「遠浅の磯近くにわいわい騒いでいる多人数の間を通り抜けて」「沖の方へ」泳いでいくところに意味をもたせているのかもしれない。この主要人物の二人が、世の中と距離をおいて、それぞれの人生に孤立して向き合う姿勢を象徴しているとも解釈できる。だとすると、深遠な計算がされているということになる。

とはいいながら三節で、泳ぎながら「先生は後ろを振り返って私に話し掛けた」とあり、「先生」がまず口を切ることで二人は懇意になっていったのがわかる。人間ぎらいの「先生」から先に、「私」に話しかける積極性をどうしてみせたのか、少し納得しにくい。

さて、なぜか「先生」にひかれた「私」は東京へ帰ってからも「先生」の家に出入りする。孤独な「先生」と、やはり人に群れない「私」は、いつしか子弟関係になる。このあたりまでは、まだ「私はその人を常に先生と呼んでいた」の、過去形「いた」以外に謎らしきものはない。
四　「先生の亡くなった今日」。「傷《いた》ましい先生」——「他《ひと》を軽蔑する前に、まず自分を軽蔑していた」というフレーズもあるが、悲劇的な「先生」の死が、一番はじめに謎として提示される。決定的な謎が最初にある。「雑司ヶ谷の墓地にある或仏へ花を手向《たむ》けにゆく習慣」も、読む者の印象として残る。
五　「貴方は死という事実をまだ真面目に考えた事がありませんね」——『こころ』では重要な謎が早々と出てくることは記憶に留めてよい。
六　「墓参りには」「話すことのできないある理由があって」「自分の妻《さい》さえまだ伴れて行った事がないのです」——「雑司ヶ谷」への墓参が、この小説の重要な位置を占めているのがわかる。「先生」の「奥さん」は墓参していないという。

七「私は淋しい人間です」――人との交わりを避けて生活している「先生」。その世捨て人の元に「私」は「月に二度もしくは三度ずつ必ず」行くようになる。一六〇〇字弱のなかに、「淋しい」が八回も出てくる。

八「子供は何時まで経ったって出来っこないよ。…天罰だからさ」――天罰が何であるかは、「下」の章までわからない。「罪」と「罰」の物語なのかもしれない。漱石的主題がみえてくる。

九「妻が考えているような人間なら、私だってこんなに苦しんでいやしない」――女性の登場人物が蚊帳の外に追い出されていることが多いのは漱石小説の特徴であろう。「こんな苦しみ」の内容とは何なのか。

十「私たちは最も幸福に生まれた人間の一対であるべきはずです」――「先生は何故幸福な人間といい切らないで、あるべきはずであるというのか」。「あるべきはず」と繰り返すことで、ここまで生きてくる間に、アクシデントがあったことがわかる。

一一「若いときはあんな人じゃなかったんですよ。…全く変ってしまった」と「奥さん」は言う。――先生は「私のようなものが世の中へ出て、口を利《き》いては済《す》まない」し、「世間に向って働らき掛ける資格のない男だから」、「何もしないで遊んでいる」のだと言う。この節では、「先生」と「奥さん」が、先生の学生時代からの知り合いであることがわかる。ますますミステリアスな匂いがする。

一二「先生は美しい恋愛の裏に、恐ろしい悲劇を持っていた」——この節あたりが先生の過去の悲劇的本質を予告しているものとして重要であろう。その悲劇は「奥さんに丸で知れていなかった」し、先生はそれを「隠して死んだ」のである。「私」も読者も、もう「先生」はこの世の人ではないことを知っている。さらに先生は決定的な謎かけを「私」にする。「しかし君、恋は罪悪ですよ」

一三「(恋は)そうして神聖なるものですよ」——だが「恋は罪悪」であるのが強調される。「雑司ヶ谷の墓地に埋まっている友人」の再確認。その「友人」の持つ、あるいは持っていた決定的な重さがわかってくる。

一四「人間全体を信用しないんです」——さらに「私自身さえ信用出来ない」から「自分を呪うより外に仕方がないのです」。強烈な人間不信はどこから出てきたのか。暗い情念に引きこまれ、読み手は闇の世界へ次第に興味をもって引きこまれる予感を持つ。

一五「先生」の、謎をふくむ言葉の断片から、「私」は、かつて先生の身の上に「或る強烈な恋愛事件を仮定して見た」——やはり恋愛問題なのだ。だが、先生の「奥さん」に対する愛は疑うべきものがないから、だとすると、どこでなぜ「先生」の現在の「厭世《えんせい》」感が出て来るのだろう。(一六、一七は、顕著なものは「なし」)

一八「(「先生は」)頼もしい人だったんです」——先生の人間が変わっていった原因を「奥さん」は、「何遍《なんべん》あの人に、どうぞ打ち明けて下さいって頼んで見たか分かりゃしません」。

一九　「奥さん」がいう。「実は私すこし思い中《あた》る事があるんです」「先生がまだ大学にいる時分、大変仲の好い御友達が一人あったのよ。その方が丁度卒業する少し前に死んだんです。急に死んだんです」——決定的に重要な具体的内容の提示が、「奥さん」からなされる。Kの存在が予告されたのである。（二〇、二一は「なし」）

二三　「私」は「先生の生前にたった二通の手紙しか貰っていない。…一通は先生の死ぬ前とくに私宛で書いた大変長いものである」——小説の最後までの全体構想が、しっかりできていることがわかる。（二三、二四、二五、二六は「なし」）

二七　「君の家《うち》には財産がよっぽどあるんですか」「御父《おとう》さんの病気はその後どうなりました」——なにげない「先生」の言葉。「ところが先生の言葉の底には両方を結び付ける大きな意味があった」。

二八　「財産があるなら…、貰うものはちゃんと貰って置くようにしたらどうですか」——そして「先生」は、この小説のもっとも重要な以後の展開を予想させる言葉のひとつを吐き出す。「平生《へいぜい》はみんな善人なんです、少なくともみんな普通の人間なんです。それが、いざという間際に、急に悪人に変るんだから恐ろしいのです。だから油断ができないんです」。

二九　「人間は誰でもいざという間際に悪人になるんだ」——直前の第二八節の念押しである。この言葉の重要さを再確認することで、読み手の興味は増幅される。「つまり事実なんですよ。理屈じゃないんだ」。そしていざというときに善人が悪人になる原因が「金」だというのである。だが「金」だけではないのである。それはこの時点ではわからない。

三〇「私は他《ひと》に欺《あざ》むかれたのです」と「先生」——「財産の事をいうときっと昂奮するんです」とあり、「しかし私はまだ復讐しずにいる」とあって、リベンジといったものが読み手には思い浮かぶ。だが「復讐」をする、されるがからむのは、「遺書」を読むまでわからない。

三一「話しましょう。私の過去を残らず、あなたに話しましょう」——「先生」が「死ぬ前にたった一人で好《い》いから、他《ひと》を信用して死にたい」相手に「私」を選んだ。（三二は「なし」）

三三「御父《おとう》さんの生きてるうちに、相当の財産を分けてもらって御置きなさい。それでないと決して油断はならない」——そろそろ繰り返しが多くなってきている。

三四「もしおれの方が先へ行くとするね。そうしたら御前（奥さん）どうする」——「先生」は自分のほうが「先へ行く＝死＝自殺」ことを、それとなく語っている。

三五「先生」の「死は必ず奥さんの前に起るもの」——いよいよ「先生」の死は近い。

三六「私」は「人間を果敢《はか》ないものに観じた」——「上　先生と私」の章の最後の一節である。この小説で漱石が書こうとしたものは人間のカネと愛情にかかわる「業《ごう》」の深さと恐さ、そして人間の生命のはかなさということであろう。孤独の深さもうかがえる。そして「罪」と「罰」。だが、その奥に人間の生と人間信頼への深い渇望があることを見逃してはならない。それがあるからこそ『こころ』は時代を超えて読み継がれてきたのだろうが、それは全編を読了してからの思索のなかからである。

●先生・K・お嬢さん

「上」を丁寧に読んでも、男女におけるトライアングル愛を推量させるものはないと言ってよい。「奥さん」が、「先生がまだ大学にいる時分、大変仲の好い御友達が一人あったのよ」と言うが、K自身はまだ登場しないし、ここから三角関係の問題までに想像の羽根を広げるのはいささか無理である。「奥さん」は、その友人が死んでしまったことは告げるものの、これは「下」を読んでわかるように、「奥さん」は自分自身がかかわる愛と嫉妬と裏切りの物語と深く関係していることに気付いていない。先生は、愛する「奥さん」に、長年月、何も喋っていないのである。不自然であり、「先生」と「奥さん」の結婚生活はいったい何であったのかを問わずにはいられないし、名作の誉れ高い『こころ』のいささかの、あるいは大きな弱点だと思われるが、ここではそのことは素通りしよう。

「下」は、「上」で提起ないしは暗示された謎の解決編であり、ミステリーの謎ときであるが、それは科学的というか論理的というか、そんな精緻な解明ではなく、いわば文学的な解決編ということになる。同時に謎ときの時点で、新しい事実なり、具体的な事件が表れてくることになる。漱石の文学は、謎解きミステリーのように整合性だけが重視されるのではない。見てきたように『彼岸過迄』や『行人』には構造的欠陥もあるが、『こころ』にもそれはある。

多くを「先生」、K、「お嬢さん」（「上」の「奥さん」）にしぼって、三人のトライアングルの経過と結果に絞り込んで考察してみよう。苦学苦闘するKが、「お嬢さん」に恋したことを「先生」に告げることから、愛の壮絶なドラマがはじまる。「お嬢さん」の気持ちを把握していない「先生」はトライアングルはもっとも避けたいことである。

「お嬢さん」母娘は、高級軍人の父親が死んでいて、遺族年金で生活しているが困窮しているわけではない。他方「先生」は、叔父にだまされて財産をなくしてしまったとはいえ、Kを援助できるのだから、まだカネをもっているだろう。だから「お嬢さん」の母親は、「先生」と「お嬢さん」が結婚するのは喜ばしいことだと思っていたのではないか。しかも「先生」は帝大の学生で、前途有為、出世が約束されている。「お嬢さん」との結婚はいずれ決まったに違いない。Kは帝大生であったにしても貧乏学生であることを「お嬢さん」とその母親は知っている。「先生」は自信をもって構えていたら、お嬢さんとの結婚は必然であったはずである。

だが世の中の事情や常識にうとい「先生」は、同宿のKが「お嬢さん」への恋心を告白してしまったとき、あわてふためいて、親友Kを恋敵と思ってしまう。そこから友情は暗転し、猜疑、嫉妬、憎悪、裏切、孤独、報復、狂気、自殺、秘密という負の連鎖による、要するにKの自殺と、先生の自己嫌悪による絶望という悲劇のドラマとなっていく。

人間が人間としてあること、その人間証明が愛であろう。人間だけではなく、親子の愛や家族への愛などは全動物の属性であろうが、芸術への愛や学問や人類愛といったものは、人間だけのものである。そんななかで異性への愛（同性への愛も等価値であろうが）は、もっとも人間にとって尊いものである。少なくともその一つである。

『それから』では、三千代に対して代助と平岡が愛情を抱く。一人の異性に複数の人間が愛情をもつケースである。『門』も、『それから』的な愛の関係であるが、違う見方をすれば、御米は、安井と宗助の二人に等距離で心ひかれた時期があったはずである。安井も愛しているし、宗助にも好感をもつ。大風が宗助と御米の「二人を吹き倒した」その直前、宗助と御米と安井は、瞬間的に二等辺三角形を作ったともいえよう。迷い懊悩する御米。だが宗助と御米が抱き合った時からは、たちまちに不等辺三角形に形を変えたことになる。二人の男を愛する御米の気持ちが、ある瞬間に安井から宗助に移り変わる。その御米の心変わりは、不等辺三角形Ａから一瞬だけ二等辺三角形になり、それが御米の心の変化にしたがってバランスを崩して不等辺三角形Ｂへと劇的に移行する。いわば内角の和は等しくとも、一辺の長さはそれぞれ違う、すなわち愛の強弱は逆転していくことになる。むろん安井と宗助の心理的綱引きも介在したに違いない。そして、御米の決断なり覚悟に要する時間は短かっただろうから、また御米は不退転の決意なり覚悟がすぐさま出来たに違いないから、宗助と御米の関係は「二項結合」による太い「線」になる。たちまちトライアングルは消滅したろう。

『三四郎』を再考すると、美禰子と三四郎と野々宮との間でアバウトな薄い線でむすばれていた二等辺三角形の状態があったと考えてもよい。美禰子の場合は、男たちにか、あるいは自分に対してか、業を煮やしたのか、三角形の点検もせずに、無関係なブルジョア男に気まぐれな線を引いて（『金色夜叉』的にいえば「カネに目がくらんで」の側面がありそうであるが）、それまでの三角形をみずからの手で崩してしまった。

『こころ』のKの場合は、Kが正確な状況判断などしないで、「お嬢さん」への思いを「先生」に告白して、早々と「先生」に裏切られ、それだけで絶望して、瞬く間に自裁してしまう。沈着なKにしてはなんとも理解し難い軽率のようにも思えるが、これこそが恋は魔物であることの正体かもしれない。「お嬢さん」は、生涯、みずからを頂点にした三角形が存在したことさえも知らないままに終わるだろう。これはあまりにも不自然である。実は「先生」の遺書を「お嬢さん＝奥さん」は「私」（学生）から受けとって読むだろうという説もあるらしい。そればかりか「先生」の遺書を読んで事情を知った「奥さん」と「私」は、その後、「共に――生きること」になるとの提起もされているという（小森陽一・石原千秋編集『漱石研究第四号』）。

ともあれ『こころ』では、正確には「お嬢さん」は蚊帳の外にいて三角の関係はないのだろうが、小説の読み手はKと「先生」の愛の気持ちを知っているから、やはり歪んだ三角形と理解しなければならない。線が歪めばもう三角形ではなくなるが、まずはここでも不等辺三角形と判断しておこう。愛という真に人間的で尊厳なるものが、もっとも厭《いと》うべき非人間的でエゴイスティックな悲劇へと傾斜していく。

漱石は、愛における葛藤の、人間らしさと、人間的であるがゆえに起こる逆の非人間的な裏切りや報復による悲劇の、その両方を自覚的に追究した近代日本の卓越した文学者である。愛のもつ二面性とか二律背反性を描ききれたとき、美醜ともども浮き彫りになる。愛という人間的なものが、トライアングルの形の恋愛感情になったときに、もっとも非人間的ともいえる事態に変貌する。愛と憎は、人間存在の表と裏であって、それは人間の知的な意志をこえて、表裏がひっくりかえり、また反転したりする。そういう愛の万華鏡を、漱石は、『こころ』以外にも、生涯かけて描き続けたのである。

古井由吉は、岩波文庫版『こころ』の解説で次のようにいう。「Kの恋の告白からその自殺に至るまでの、その間の文章は何と言っても日本近代文学中の圧巻である、と私は思う者だ。小説の読者は虚構の奥にどのような実相があるか、じつのところよくわからない。虚構の感触を自分でさぐり、虚構の度合いのようなものをおしはかりながら、実相と感じられるものをたどっていくわけであるが、それぞれにどのような距離を取って読もうと、この部分の緊迫には惹きこまれるはずだ」。読み手の受け止めかたについて書いているが、小説家としての古井が先達の作品に感じる憧憬もこめられていよう。

『彼岸過迄』『行人』『こころ』を後期三部作というには違和感があってしかるべきだろう。繰り返せば、『三四郎』『それから』『門』で、愛の三角の生成から完結まで、もうすでに描かれている。『彼岸過迄』には三角の関係に「嫉妬」が注入され、さらに『行人』では、「嫉妬」に加えて「孤独」や「孤絶」も描かれる。「疑心暗鬼」といった心情も無縁ではないだろう。『こころ』

では、「嫉妬」「孤独」さらに「猜疑」「狂気」「裏切」、そして「報復」も出て来て、「罪と罰」というテーゼも提示されると言ってよい。だが、それらが加わったにしても、『三四郎』『それから』『門』のような鮮やか主題の発展はなく、その愛の不等辺三角形という構図の基本にも大きな変化はない。ただし短編の積み重ねとか、述べてきた違った要素が付け加わり、小説としての深みが増した部分はある。古井由吉のように『こころ』は「近代文学中の圧巻で」あることにもとりわけての異存はないが、あえて「後期三部作」と命名する必要はないだろう。

●なぜ漱石は「禁書」にならなかったか

漱石晩年の大正初期から第二次大戦終了まで、漱石は道義の文士とも言われたりして、多くの人々によって不断に読み継がれてきた。『坊っちゃん』の正義漢ぶりも、『虞美人草』の勧善懲悪的物語も、さらには『三四郎』以後の漱石真面目《しんめんぼく》のリアルな小説群も、『こころ』の圧倒的な支持を含めて、国民文学へと、歩を進めてきた。旧道徳律に背馳する愛の小説も、それらすべてが、大正デモクラシー時代や、その逆の軍国主義時代を通じ、価値を持続して膨大な読者層によって支持されてきた。要するに順調に国民的文学としての道を歩んだ。比較的民主主義的な時代も、逆のファシズムの時期にもブレずに歓迎された。社会の価値観の異なる両方の時代に漱石文学が許容され享受されたというのは、漱石文学の懐の深さとしてその偉大さを証明するものではあるものの、いささか不思議で不可解でもある。漱石文学は、毒にも薬にもならぬという性質のものではなく、強烈な個性と非妥協的な価値観をも持つからである。

『三四郎』における「咎《とが》」の問題も、『それから』の人妻奪取の決意も、『門』の不義や姦通とその後の魂の救済も、そして『明暗』における男性たちを圧倒してしまう炸裂する剥き出しの女性群の自我も、それら強烈な個性的文学が、いずれの時代にも社会的規範を逸脱したものとはされずに、許容され、推奨さえされた。「危険」な要素をもつにもかかわらず漱石は一度も禁書にならなかった。発禁、焚書の憂き目にあわなかった。超国家主義的風潮が、なぜ不倫や、膨張する自我を見とがめなかったのだろう。「一等国になってもだめですね」、日本は「亡びるね」（『三四郎』）と書いても、さらには、既述のように、日本の富国強兵に一元化されていく外発的開化のあり方に疑問をもち、日本近代への違和感を発信し続けた漱石とその文学を、軍国国家は糾弾しなかった。なぜなのか。漱石の文学的本質を見ぬけなかったのだろうか。

推測すると次のような言い方が出来るように思える。すなわち『こころ』の存在が大きかった。『こころ』が、漱石文学の非既成道徳的反社会的側面を糊塗する役割をもったのではないかと思うのである。明治天皇や乃木希典への敬愛の情をいかに読みとるかはそれぞれの読者にとって議論のあるところではあろうが、漱石の明治という時代への愛着は、多様な解釈はあるにしても、疑う余地はない。

一九一六年六月一〇日。「行啓能」の日の日記には、「陛下・殿下の態度謹慎にして最も敬愛に値す」と記しているが、これはうわべだけのことではない。敬愛、尊崇の念が強いからこそ、この日記では、「陛下」たちだけが能楽堂で「喫煙」して、「臣民」には禁煙させるのは、理に合わないことであると率直に記し、「皇室は神の集合にあらず。近づきやすく親しみやすくして我らの同情に訴えて敬愛の念を得らるべし」と記すのである。また、「天子重患」時といえども隅田川での「川開を禁ずるの必要なし」と考える。禁止されると「細民」は生活に困る者が多いだろうからと、「当局者の没常識」を「驚くべし」と憂える（同年七月二〇日）。天皇への思いが深いからこそ、「臣民」「当局者」元老などの態度が気に入らないのである。

死去にともなう「明治天皇奉悼之辞」における「我等臣民の一部分として籍を学界に置くもの顧みて天皇の徳を懐《おも》い天皇の恩を憶《おも》い謹んで哀衷を巻首に展《の》ぶ」（「法学協会雑誌」一九一二年八月『全集』第一一巻）は、「協会」の要請であり、公式的で言葉は硬いが、衷心からの言葉で混じりっ気なしの真情である。

簡単に見たが、明治天皇と明治精神への漱石的愛着が評価され定着して、「道義の文学」として支持され、いわばその余徳として、漱石の非体制的発想にも、一九四五年までの日本国家とその支配的道徳観は眼をつぶることにやぶさかではなかった、ということになるのではないか。『こころ』には裏切りや報復など軍国主義体制には受け入れられない「非道徳」的な愛の形が充満しているが、それでも当時の支配層は漱石の多元性を見逃した。あるいは見抜けなかった。または承知のうえで放置した。『こころ』の天皇への敬慕の気持ちは、他の漱石作品の非体制的雰囲気を相殺して余りあるほど、国家にとって、「正」にして「聖」なるものであったということとか。

夏目鏡子『漱石の思い出』(角川文庫)巻末の夏目伸六「解説」は一九五四年頃の執筆と推測されるが、次のような一節がある。「特に、左翼思想が一般ジャーナリズムを風靡《ふうび》した時代(筆者注・一九二七〜一九三〇年頃か)が、漱石熱もいちばん下火のころではなかったかと思う」。漱石の息子の言をそのままに受け入れるなら、漱石が時代への痛烈な批判や日本国への疑問等々を提出して、姦通についての真摯な問題提起をしていたのに、その時期、左翼思想を含めて柔軟なリベラル派が漱石を読まなかったということになりそうである。一九二八年に廉価の岩波版『漱石全集』が出て、読者層は拡大したが、漱石の息子・伸六の「解説」では説明がつかない。逆に漱石文学は、安全無害なものとして、一五年戦争時代の思想統制を通過することができた。軍国主義時代をささえた知識人や読書家が、トゲがあって危険な愛の漱石文学を、軍国主義に通じる精神性があるとして歓迎したのだろうか。どうにも理解できない。いや、軍国青年が『それから』に感動する図は想像を超えるものでもあるし、『明暗』の女性達の自我のバトルを、女性が参政権のないことを是とする頑迷な保守派の男たちが嬉々として読む姿は絵にならない。そんなにも漱石文学は「安全牌《ぱい》」だったのだろうか。

第八章 『道草』

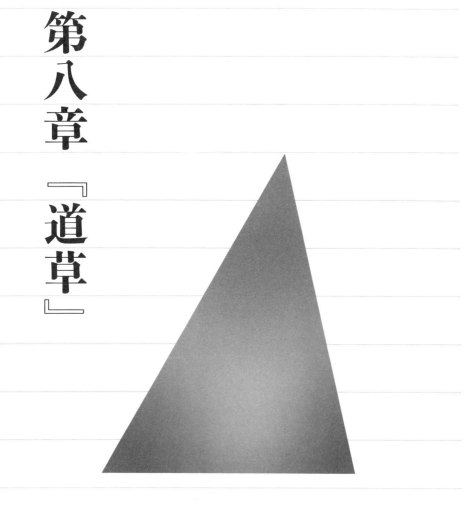

●養父

（あらすじ）

大学教師の健三のもとに、縁を切った養父が現れ、復縁を乞う。健三は幼少時のあれこれや、養父母、家族を思い出す。健三は妻子を養っていかねばならない。養父に、これが最後、との文書約束をかわして金銭を渡し、とにもかくにも一件落着させるのだった。

健三が遠い所から帰って来て駒込の奥に所帯を持ったのは東京を出てから何年目になるだろう。

『道草』の有名な冒頭である。「遠い所」が、漱石が留学していた「イギリス」を意味するとして、この自伝的作品の時代設定を明確にするためによく引用されてきた。漱石の帰国は一九〇三（明治三六）年である。小説には明確には書かれていないが、健三すなわち漱石が、帰国後、帝大教員をしつつ『吾輩は猫である』を書いて小説家として出発する一九〇五年あたりが背景である。だから冒頭の一節は時期設定としても意味をもつ。

小宮豊隆は「遠い所」をイギリスだとしており（『全集』第六巻）、同書の「注解」でも「留学したイギリスをさす」としている。ところが、岩波文庫版「注・解説」（一九九〇年）で相原和邦は、「国内の土地を含めて健三が遍歴して来た異郷全体を暗示し、現在の健三からの心理的な距離と感慨とが込められていよう」としており、たしかに、その方が説得的である。江藤淳も『漱石とその時代』で、「遠い所」をイギリスに特定しないことを縷々説いている。

冒頭に続いて、『道草』の重要人物である島田平吉の登場が健三の目を通して描かれる。健三の養父である。

ある日小雨が降った。その時彼は外套も雨具も着けずに、ただ傘を差しただけで、何時もの通りを本郷の方へ例刻に歩いて行った。すると車屋の少しさきで思い懸けない人にはたりと出会った。

「思い懸けない人」が島田であり、二〇年も前に気まずい思いで別れて、今は他人となった養父である。早くも『道草』の核心部分に触れる。ここでの「小雨」の鬱陶《うっとう》しさは、これからはじまる「不愉快な過去」の物語の雰囲気を先取りもしていよう。『道草』は、漱石が実体験した二年間ほどを、八か月くらいの物語に集約している。したがって『道草』自体は、本書で見てきた漱石の愛のトライアングルを描いたものではないので、小説については深入りしない。

漱石は、生後すぐに養子に出され、塩原金之助になったものの、養父母の離婚や、金銭を含めたトラブルがあって、一〇歳の時には実家に戻っている。だが『道草』に描かれているように、金銭問題を含めて完全に養家関連の最終決着がつくのは、何十年も経てからになる。この漱石自身の伝記にかかわる部分がタテ糸だとすると、『道草』のヨコ糸は、漱石が結婚して子供も何人か産まれるが、漱石自身の「神経衰弱」の問題もあって、鏡子夫人とはどこかでぎすぎすしていた、その家庭生活を描く部分である。したがって、まずは小説の健三が漱石、細君の御住《おすみ》が鏡子夫人としてよい。

養父母である島田夫妻は、幼少の健三をかわいがった。だが、いびつなのである。『道草』から、有名なエピソードを引用しておこう。養父母が、実の親であると、養子の健三に教え込みたいのである。

「御前《おまえ》の御父《おと》ッさんは誰だい」。健三は島田の方を向いて彼を指《ゆびさ》した。「じゃ御前の御母《おっか》さんは」。健三はまた御常《おつね》（健三の養母）の顔を見て彼女を指した。これで自分たちの要求を一応満足させると、今度は同じような事を外の形で訊《き》いた。「じゃ御前の本当の御父さんと御母さんは」。健三は厭々《いやいや》ながら同じ答を繰り返すより外に仕方がなかった。しかしそれが何故だか彼らを喜こばした。彼らは顔を見合せて笑った。或時はこんな光景が殆《ほと》んど毎日のように三人の間に起った。

結局、健三は実家にもどることになるが、金銭的な決着がつかないままに、何十年もたってしまった。最終的には健三が養父島田に、金百円也を渡して、とにもかくにもこの件は終わる。健三も腹立たしいが、細君もおもしろくない。『道草』の一節を引いておこう。仲介者が言う。「〈まあこれで漸《よう》く片が付きました〉。その一枚には百円を受取った事と、向後《こうご》一切の関係を断つという事が古風な文句で書いてあった」。健三は本心で「片が付く」とは思っていない。「人間の運命はなかなか片付《かたづ》かないもんだな」「何時《いつ》まで経ったって片付きゃしない」「片付かないものは、彼の周囲前後にまだいくらでもあった」「どうせ世の中の事は引っ懸《かか》りだらけなんです」「まだなかなか片付きゃしないよ」。こんな言葉が頻出する。漱石は、強い思いを表現するときに、繰り返しが多い。そして、健三と細君（御住）の会話で『道草』は終わる。

「世の中に片付くなんてものは殆んどありゃしない。一遍起った事は何時《いつ》までも続くのさ。ただ色々な形に変るから他《ひと》にも自分にも解らなくなるだけの事さ」。健三の口調は吐き出すように苦々《にがにが》しかった。細君は黙って赤ん坊を抱き上げた。「おお好《い》い子だ好い子だ。御父さまの仰《おつし》ゃる事は何だかちっとも分りゃしないわね」。細君はこういいいい、幾度《いくたび》か赤い頬に接吻した」。

「片がつかない」との認識は暗いには違いない。だが最後の細君の言葉に、健三の暗さに対置する細君のしたたかな強さや明るさがあるのも読み取れる。健三に対する細君の自立性である。細君を「下《した》」に見てしまう健三だが、細君は、それに負けてはいない。平然と健三の言葉を受け流し、子供を愛撫する。内面に健三への不満と批判があると言ってよい。大事なのは、健三を批判的に見る細君を、漱石自身が否定的には見ていないことである。むしろ細君を「下」にみる健三＝漱石への客観的視点があるとしてよい。細君の言う「御父さまの仰ゃる事は何だかちっとも分りゃしないわね」との台詞は漱石が書いているのであり、それは自分自身の弱点をも含めてみごとに突き放した客観的叙述である。鏡子夫人を冷たく観察しているなら、この台詞は書けないだろう。漱石の人間をみる目の成熟がある。

強い女性は、『彼岸過迄』『行人』あたりから少しずつ「恐れない女」として出てくるが、『道草』の細君には、理屈や論理はもたないものの、存在そのものがデンとかまえた女性の強さがにじみ出ている。いささか唐突であるが次のような一節には、毅然とした女性像があり、帝大教員のエリートにみごとに対峙しているのがわかる。漱石が大学をやめ、やがて収入が増える朝日新聞社の専属作家になる一歩手前まできているあたりのところである。家事育児の出費の増加、兄や姉への援助もしなければならず、支出がかさむなかで、「健三はもう少し働らこうと決心した。その決心から来る努力が、月々幾枚かの紙幣に変形して、細君の手に渡るようになった…」

その時細君は別に嬉しい顔もしなかった。しかしもし夫が優しい言葉に添えて、それを渡してくれたなら、きっと嬉しい顔をする事が出来たろうにと思った。(A)

健三はまたもし細君が嬉しそうにそれを受取ってくれたら優しい言葉も掛けられたろうにと考えた。(B)

お互いに牽制しあっている。(A)と(B)が並列で書かれている。対等である。だが悪い感じはしない。女性が大きく強くなっているが、その女性の存在を、漱石は、男性に伍するものとして見つめることができるようになったのである。夫と渡りあえるこの細君（御住）を描ききれたからこそ、次作『明暗』の、思いっきり自我を発散させて男たちと丁々発止できる女性群像を描写する作家的力量がついたのである。『道草』の細君は、自我を丸出しにはしないが、難しい夫としたたかに対峙する。漱石が、このような女性像を描くことができなかったならば、漱石は『明暗』を、ついに、少なくともいまある日本近代が生んだリアリズム文学の傑作として残すことは出来なかったろう。

●嫂《あによめ》・登世

『道草』は、時期的時間的な組み立て変更はしているが、漱石の、生い立ちを含めた自伝的小説であることに間違いはない。まず養父の出現について漱石の妻鏡子が次のように言い残している。一九〇六年春ごろだったという。「『猫』で夏目の文名が急にあがりましたので、昔恋しくなったものと見えまして、前の子供のころ養子にやられて、その後手の切れたはずの塩原の老人が、人を介して元どおり塩原の養子にかえってくれないかと申して参りました。つまりお金を目あての言いがかりでしょう」（『漱石の思い出』）

漱石自身も日記にしるしている。

「一九〇九（明治四二）年四月十一日　塩原（養父）が訴えるとか騒いでいるといって髙田と兄（夏

日和三郎。直矩《なおかた》ともいう）が来る。何の意味か分らず。没常識の強欲ものなり。情義問題として提出せる出金を拒絶す。権利問題なれば一厘も出す気にならぬ故なり。自分は自分の権利を保持する為に産を傾くるも辞せず。威嚇に逢うては一厘も出すのは御免なればなり」（『全集』第一三巻　日記及断簡）

強い怒りである。決着済みだと思うと漱石は腹が立って仕方がない。塩原夫妻の昔のありようを思い出してぞっとしたに違いない。とはいえ、怒りは、六年後の『道草』執筆時点ではかなりやわらいでいるのがわかる。小説を書く時には、経済的に余裕ができていたということからでもあろうが、漱石が人間的に円熟したということでもある。女性をしたたかで明るく強いとみる目が『道草』にはあると先に述べたが、そんなこととも無縁ではないはずである。

最終的に落着するのは、一九〇九年一一月二八日である。「塩原昌之助は、完全に縁を断つという意味の誓約書を入れる。百円支払う。塩原昌之助との紛争は一段落する」（『漱石研究年表』）。『道草』の決着は、実際の漱石年譜にそのままあてはまる。夏目家と塩原家が交わした文書まで、『道草』は一字一句そのまま使っている。

さて、二四歳で死んだ、漱石と同年の嫂《あによめ》・登世《とせ》についてである。三兄夏目直矩《なおかた》の妻である。『道草』には、さりげなく次のように出てくる。「健三の兄は小役人であった。彼は東京の真中にある或大きな局へ勤めていた」。その「兄は最初の妻を離別した。次の妻に死なれた」とあり、

「その二度目の妻が病気の時、彼は大して心配の様子もなく能く出歩いた。病症が悪阻《つわり》だから大丈夫という安心もあるらしく見えたが、容体が険悪になって後も、彼は依然としてその態度を改める様子がなかった…」。この悪阻で死んだ二度目の妻が、漱石の「嫂・登世」である。一八九一年七月二八日死去。

八月三日に漱石は四国松山に帰省している親友正岡子規に長文の手紙を書く（『漱石書簡集』岩波文庫）。

不幸と申し候は余の儀にあらず、小生嫂の死亡に御座候。実は去る四月中より懐妊の気味にて悪阻《つわり》と申す病気にかかり、とかく打ち勝《すぐ》れず漸次《ぜんじ》重症に陥《おちい》り、子は闇より闇へ、母は浮世の夢二十五年を見残して冥土へまかり越し申候。天寿は天命死生は定業《じょうごう》とは申しながら洵《まこと》に〳〵口惜しき事致候。…あれほどの人物は男にもなか〳〵得やすからず、…人間としてはまことに敬服すべき婦人…節操の毅然たる…性情の公平正直なる…。

朝貌《あさがお》や咲《さい》た許《ばか》りの命哉《かな》

君逝《ゆ》きて浮世に花はなかりけり

何事ぞ手向《たむけ》し花に狂ふ蝶

今日よりは誰に見立《みたて》ん秋の月

一三もある追悼句から四句を選んでみたが、坪内稔典は『俳人漱石』で、「君逝きて…」は「単純に下手」とし、「今日よりは…」は「月並み」だとするが、嫂を想う気持ちはあふれている。「狂ふ蝶」との表現などは、漱石自身の、いわば激烈な悲しみの反映だともいえよう。

江藤淳は、「登世という名の嫂」（『決定版　夏目漱石』）で、漱石の専門の英詩なども援用しながら、「もはや彼が登世を恋していたことを否定することはできない。…そのまま性的関係を暗示しているとは断定できないが、少なくとも心理的にそれと等価な濃密な情緒の記憶が漱石の内部にひそんでいた…」との結論に達している。子規への手紙や哀悼句を読むと、嫂への思慕があったことは確かである。だが、「人間としてはまことに敬服すべき婦人」あたりが印象にとまり、人格への敬愛や、メンタルな要素が主要な側面と判断すべきように思える。たとえ「狂ふ蝶」のような心情がどこかにやどっていたにしてもである。

重要なのは、兄・直矩が、他の女性に気持ちがとられたりして、重篤とは思わずに、漱石の恋慕の情にも気付かなかったことである。だからといって、三者の間にトライアングルな愛の関係があったことを否定することにはならない。つまり、男のひとり（漱石）はプラトニックな片想いであり、少なくとも「性愛」と呼ぶものには育っていなかった。ひとりは夫婦でありながら、愛の感情などには無頓着である。おまけに女性（登世）は、義弟の思いを察してはいても、「節操の毅然たる」がゆえに、それ以上の思いなり行動にはならなかった。三者がすれ違う思いは、まさに不等辺三角形の愛の関係といわざるをえない。明らかにしておかねばならないのは、二四歳の将来の作家が、人間の愛の形に、このような三角のものが身近に存在していることを知ったという事実である。

漱石の三角関係小説については、一九四二年、漱石門下の森田草平が次のように書いている。「殆《ほとん》ど一つ残らず所謂《いわゆる》三角関係を取り扱ったものばかりである。…とにかく、その多くが道ならぬ恋を取扱ってあることだけは争われない。では、どうして先生がそういう方面にばかり興味をもたれるようになったか、それに就いて、さまざまな揣摩憶測《しまおくそく》を下すことは、悉《ことごと》く無意義である。私はただたまたまそうなったのだと云って置きたい」（『夏目漱石』）。だが森田式では、漱石小説の深淵探求の助けにはならない。漱石のもっとも近くにいた愛弟子としてはいささか情けない論評だが、漱石の実生活からは、小説に描かれているような情念をうかがうことはできなかったと受けとめてよいだろう。

一九六〇年に平田次三郎が『夏目漱石』で次のように書いている。「なぜ漱石はああもくどく、くどく、三角関係、さらに狭ばめていえば、姦通関係を扱ったのか、という疑問をもっておりました。…作家自身にそういう経験があるならば、なるほどそうかとうなずける。が、漱石はそうではない。すくなくも現在のところ、遺されたものからは、そういう材料は見出せない。…漱石の遣り方はどうも一種独特ではないか。どうしてああも執拗に三角関係、姦通を設定するのか、なぜそうなのか、という疑問をもってもよいように思うのです」。とりわけての重要発言ではないが、平田の疑問は、江藤淳以前であり、平田は漱石愛好家の代表のような感じで疑問を提出しているわけで、江藤が三角関係論のひとつの答を例示したとはいえるだろう。

漱石の嫂に対する思いの切実さや実際の詳細は分からないにしても、漱石のこの体験は、十余年後に小説家としてスタートしてからの、漱石における愛のスタンダード・タイプとして定着させるだけの重みをもっていたことはたしかなようである。もうひとつ。漱石の小説におけるいくつかの「嫂」像も記憶に残す必要がある。『それから』の嫂・梅子、『門』の小六の嫂としての御米、そして極めつけは『行人』の嫂・お直である。彼女たちは、等しく義弟に親切であり、ある種の愛情の目をもってみつめている。これらは漱石の原体験の反映があると考えてよかろう。

●大塚楠緒子

嫂・登世に触れた以上、女流文学者大塚楠緒子《くすおこ》と漱石のことも取り上げねばならぬ。

大岡昇平が『小説家夏目漱石』で繰り返し、江藤淳と対置させて評価しているのが小坂晋の説である。ここでは小坂の言説に耳を傾けたい。大塚楠緒子とその夫の保治《やすじ》、それに保治と大学時代からの親友であった漱石、そこにトライアングルが成立するという。小坂晋は『漱石の愛と文学』で「親友と昔の恋人をめぐる罪意識を伴う三角関係」というのだが、それなりの説得力はある。「プラトニック・ラブであり、あくまで文学的な非日常の幻想愛にとどめている」。江藤説は、少しどろどろしているのに対して、小坂はもっと文学的というか、観念的である。だが精緻ではある。

大岡昇平は、「漱石の恋人」問題はどれだけ探ってもよいが、誰かの説が決定的とまではなかなかいかない、と言っている。大岡自身は小坂説シンパで、江藤に対しては公開論争までした批判派ではあるが、結局は「漱石文献の現在の公刊状況から、決定的結論を出すのは危険だと思います」とする。みずからを「どっちつかずの中道派」としている。早々と結論めいた方向を出したが、以下、小坂晋「ある相聞歌——漱石と大塚楠緒子」と同じ論文集（角川版全集「漱石文学案内」所収）に併載されている中山和子の「漱石と楠緒子」に導かれて、漱石と大塚夫妻のトライアングルをなぞっていこう。

大塚楠緒子は『日本文学小辞典』（新潮社　一九六八年）にも載る明治の女流作家である。一八七五（明治八）年生まれ。父は土佐藩出身の裁判官で、後に法曹界の重鎮になる。東京女高師附属高女をトップで卒業。文学活動に入り樋口一葉と同じ雑誌に作品が掲載されたこともある。九五年に結婚。母となるも精力的に小説や詩や短歌を発表、美女の誉れ高い閨秀作家として活躍した。小屋保治は、漱石と同年生まれであるが、帝大では漱石が二年下である。一八九五年に楠緒子と結婚、養子縁組である。漱石が英国留学から帰って来たときには漱石の就職のことなど、身の振り方にまで協力している。

さて三人の関係であるが、漱石は親友の、当時はまだ小屋保治であるが、彼から楠緒子との結婚を告げられて衝撃を受けたのは一八九四年七月という。漱石が楠緒子をどのくらい見知っていたかはわからないようだが、保治とは大学寄宿舎で同室だったこともあり、舎生としても、また気心の知れた友人としても信頼関係は成立していた。だから突然の告白はショックだった。漱石は神経衰弱におちいる。この時期九月に正岡子規へ出した手紙が残っている。「理性と感情の戦争、益々《ますます》劇《はげ》しくあたかも虚空につるし上げられたる人間の如くにて、天上に昇るか奈落に沈むか運命の定まるまでは安心立命到底無覚束《おぼつかなく》候」という一文がある。これは漱石の失恋の衝撃からの不安を表しており、『こころ』で、先生がKから告白された時の不安と苦悩とに通じる。小屋＝コヤの頭文字はKであることまでいっしょである。下宿を飛び出して、あちこち転々と部屋を替えるのは、神経衰弱に被害妄想が加わったからだともいう。強いウツ状態ということである。小坂晋は「三角関係の噂が次々と追跡して来る感がして、やり切れなかったためであろう。漱石の探偵コンプレックスは、かかる体験と彼自身の気質に由来している」としている。ただし子規宛の懊悩の手紙が、楠緒子と保治との婚約を知っての衝撃を伝えているとの根拠が推定である点はいささか弱い。『漱石研究年表』等で、漱石のこの前後の不可解な言動から「失恋」らしい匂いはするものの、それ以上の断定は難しい。

一二月には、鎌倉円覚寺に参禅することになる。この体験が後に『門』における宗助の禅寺行きに使われる。宗助は、結局、途中で挫折して、逃げるように東京に戻る。漱石も悟りには達しなかった。禅僧から与えられた課題は「父母未生以前本来の面目」ということであったが、これも『門』で、そのまま出てくるのはすでに見たところである。

大塚の結婚式は三月であり、出席している。そして四月、漱石は、東京高等師範学校の教員を突然にやめて、四国松山中学校の英語教師になって都落ちする。高等師範から中学校とは、格を落とすことである。月給こそこれまでの年俸四五〇円から月給八〇円となるが、地方都市への脱出の謎はとけない。松山に行ったからこそ、『坊っちゃん』が書けた。以後、熊本の第五高等学校教授、そしてイギリス留学への道が開けるのだからなにがよいのかわからない。人生とはそんなものであろう。伊藤整は『日本文壇史』で次のように記述している。「一説によると彼女(楠緒子)は、その年東大の英文科を出て東京高等師範学校の教師をしていた夏目金之助との間に暗黙の約束を持っていたのだが、夏目との黙約を放棄して小屋と結婚した、と言われていた」。

この愛のトライアングルは、漱石の内面に深く沈潜してのこった。『吾輩は猫である』と同じ時期に漱石には、「髭のある人」と、「髭のない人」と、「涼しき眼の女」の不思議なトライアングルを描いた短編『一夜』があることはすでに述べたが、これなどは「非人情の立場で楠緒子と親友との三角関係を超克せんとした苦肉の策」だと小坂晋は説く。その他にも、とりわけ楠緒子の作品には漱石の影響がみえるという。

死の一年前(一九一五)に、漱石は『硝子戸の中』で、楠緒子のことを実名で書いている。

日陰町の寄席の前まで来た私は、突然一台の幌俥《ほろぐるま》に出合った。私と俥の間には何の隔《へだた》りもなかったので、私は遠くからその中に乗っている人の女だという事に気がついた。…車上の人は遠くからその白い顔を私に見せていたのである。私の眼にはその白い顔が大変美しく映った。私は雨の中を歩きながら凝《じっ》とその人の姿に見惚《みと》れていた。…すると俥が私の一間ばかり前へ来た時、突然私の見ていた美しい人が、鄭寧《ていねい》な会釈を私にして通り過ぎた。私は微笑に伴なうその挨拶とともに、相手が、大塚楠緒さんであった事に、始めて気がついた。…

それからずっと経って、ある日楠緒さんがわざわざ早稲田（漱石自宅）へ訪ねて来てくれた事がある。然《しか》るに生憎《あいにく》私は妻《さい》と喧嘩をしていた。私は厭な顔をしたまま、書斎に凝と坐っていた。楠緒さんは妻と十分ばかり話をして帰って行った。その日はそれで済んだが、ほどなく私は西片町へ詫《あや》まりに出掛けた。「実は喧嘩をしていたのです。妻も定めて無愛想でしたろう。私はまた苦々《にがにが》しい顔を見せるのも失礼だと思って、わざと引込んでいたのです」。これに対する楠緒さんの挨拶も、今では遠い過去になって、もう呼び出す事の出来ないほど、記憶の底に沈んでしまった。

昔の想い人が来宅しても会わない、あるいは会えないとは。そこでの漱石と妻鏡子、それに楠緒子を、どのように想像すればいいのか。漱石の妻は、ソクラテスのクサンチッペと言われたりして悪妻だったとの説もあるが、彼女の書いた『漱石の思い出』を読めば、むしろ漱石の「神経衰弱」的な側面のほうが印象に残る。鏡子のほうこそ漱石の鬱状態に手を焼いたのではないか。ともあれ不思議である。

右の文章が書かれた時点で楠緒子はもうこの世の人ではない。一九一〇年に三五歳の若さで病没している。五児の母にして現役の流行作家でもあった。だから漱石は実名を出すことができた。楠緒子が死去したとき、漱石は「修善寺の大患」で、「三〇分間の死」を経験する。しばらくして―。次は「漱石日記」の一一月一三日から。

新聞で楠緒子さんの死を知る。九日大磯で死んで、十九日に東京で葬式の由。驚く。

自分も危篤までいっての生還体験があり、「驚く」には万感の思いがこめられている。次は一五日の日記である。

晴。床のなかで楠緒子さんの為に手向《たむけ》の句を作る。
棺《ひつぎ》には菊抛げ入れよ有らん程
有る程の菊投げいれよ棺《かん》の中

鏡子が弔問に出むいている。楠緒子の墓は雑司ヶ谷墓地だという。

●戦争詩

お百度詣　　大塚楠緒子

ひとあし踏みて夫《つま》思ひ

ふたあし国を思へども
三足ふたたび夫おもふ
女心に咎《とが》ありや

与謝野晶子が、日露戦争よりも「弟」のほうが大事だと「君死に給うことなかれ」と歌ったのに呼応し、楠緒子は、戦争よりも「夫」こそ生きていてほしいと願う厭戦詩をつくる。だが、同時期に「名誉の戦死」も恐れはしないという勇ましい一編もある。

進撃の歌　大塚楠緒子
進めや進め一斉に一歩も退くな身の恥《はじ》ぞ
前に名誉の戦死あり 後に故国の義憤あり
思へ我等が忠勇は 我等が親の績《いさお》にて（注　績は「てがら」「功績」の意）
我等が妻の誇りにて 我等が子等のほまれぞや

漱石は「進撃の歌」を読んで、帝大での教え子の野村伝四にわざと大袈裟に「野村伝四仁兄大人閣下」と宛名書きをしたハガキを送っている。「大塚夫人（楠緒子）の戦争の新体詩を見よ。無学の老卒が一杯機嫌《いっぱいきげん》で作れる阿呆陀羅経《あほだらきょう》のごとし。女のくせによせばいいのに、それを思うと僕の〈従軍行〉などはうまいものだ」（一九〇五年）と書いている。「女のくせに」とつい口をすべらせたりしつつも、あまり評価していないホンネがある。昔の、想い人だとのイメージがいささか崩れる。

日露戦の山場となった日本海海戦直前に作った漱石「従軍行」の一部を引用しよう。

見よ兵等《つわもの》、われの心は、猛《たけ》き心ぞ、蹄《ひづめ》を薙《な》ぎて。（注　薙ぎは「倒す」の意）
天上天下、敵あらばあれ、敵ある方に、向う武士《もののふ》。
瑞穂《みずほ》の国に、瑞穂の国を、守る神あり、八百万神《やおよろず》。

漱石の詩も楠緒子の好戦性と変わらない。漱石の大局的な「開化」論は一般論文化論として、この国のあり方に疑問を感じていてシャープであるが、この詩はいかように読んでも好戦性が表に出ている。そのあたりのことを大岡昇平は、「漱石と国家意識」で、次のように言っている。「漱石は意見としては、国家の倫理は個人の倫理より下等だ、という説ですが、…『従軍行』だって、国をあげての戦意高揚の時に当って、免罪符を手に入れたいという下心がなかったとは言い切れない…、結局漱石はいくら国家に対して批判的であり、権力に憤慨的であるにしても、結局どこかで折れ合う点を見付けて来ます。権威としての国家には服するのです」。強大な国家権力と、それに批判的ではあっても、卑小な個人でしかないものとの関係を端的に言いあてている。主権者意識をもった民衆というものがまだ存在していない時代であることも知っておかねばならない。それにしても、漱石でさえ、「免罪符」がほしいという弱さをもっていたのである。

漱石と楠緒子がプラトニックな関係であったことは疑いようがない。だが同時にトライアングルなある種の愛の関係であったこともまた事実のように思われる。これも、大塚夫妻がその愛を守りまっとうしたことを考えると不等辺三角形だったとしなければならないだろう。しかし、どれだけ不等辺であったにしても楠緒子の側にもある種の気持ちがあったのは作品群から探れるようで、トライアングルには違いない。漱石に意識としてどの程度の思いがあったのかは知るよしもないが、遺された漱石の小説はみごとにトライアングルだらけである。トライアングル、そこにしか、あるいはそこにこそ、愛の真理が集中的に現れ出て、人間の最大最高のドラマが形成されることを漱石は感じとっていたのである。

漱石の成育史のなかで、二つのトライアングル愛の体験を採りだしたが、あるいは他にもあったかもしれない。初恋体験やら、そういうものに近い漱石伝説的なものは追究されているが、もはやその他のあれこれを羅列する必要はないだろう。漱石は、みずから三角図を書いて、そこに愛の人間関係の「波乱ヲ生ズ」ることを確認し、そこから人間の愛のドラマを紡ぎだしていったのである。

第九章『明暗』

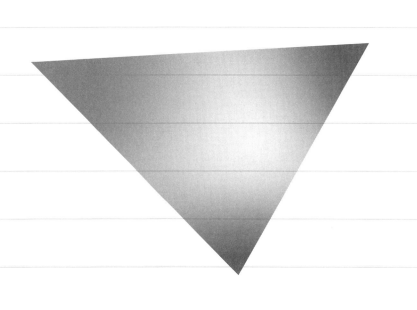

●未完——最後の小説

『明暗』は、漱石の小説中、一番に長い。量的には『三四郎』と『それから』を合わせても、『明暗』の方がボリュームがある。それでも未完になった。朝日新聞に一八八回まで連載した時点で病に倒れ、力つきた。一九一六（大正五）年一一月二一日の午前中に新聞一回分の原稿を書き終えて、次の日のために原稿用紙の右肩に189と書いた。だが、本文は一字も書き込むことができず、翌月には冥界の人となった。

『明暗』のストーリーを小谷野敦の『夏目漱石を江戸から読む』からいただく。小谷野のこの書は〈江戸から〉という修飾語というか限定が気になるのだが、本格的な漱石論である。三角関係でも示唆的で、『明暗』のもうひとりのヒロインであるはずだった清子を、「突然津田を捨てて別の男と結婚するという行動が、美禰子のそれをなぞっているのは明らかである」などと、なるほどと思えるユニークな指摘をしたりしている。津田が経済的に不如意なところがあるのは、三四郎や野々宮さんと通じるところがある。清子の夫は津田の大学同級であるが、裕福な上層である。美禰子の結婚の謎が解ける思いがする。

次の粗筋《あらすじ》は、傍線を引いた最初の二行を知っておけば、充分ではないにしても、必要部分はつくされているはずである。三角の関係がわかる。

「津田とお延の夫婦は比較的最近結婚したばかりだが、それ以前、津田には清子という恋人がおり、彼女は理由も告げぬまま津田を捨てて他の男と結婚してしまった。津田はこのことを妻には隠している。お延との結婚には、彼女の叔父岡本が財産家だというような金銭的利害が絡んでいるらしく、父からの仕送りに頼っている津田は、痔の手術の費用に困っていて、お延がこれを岡本のところで工面してくる。いっぽう堀という男に嫁いでいる津田の妹お秀も、兄を案じて金を持ってくるのだが、兄と嫂のエゴイズムを強くなじる。ここに、津田と清子の関係を知り、お延を津田に紹介した吉川夫人という不思議な女性が現れる。彼女は病院を訪ねて、清子が流産してある温泉場で静養している、と告げ、津田はまだ清子に未練があるから、なぜ津田を捨てたのか行って問いただしてこい、と唆す。結局津田は、湯河原とおぼしき温泉場へ単身出向くことになるのだが、かたや、お秀と津田の会話を漏れ聞き、津田の友人で小林という男から清子の存在をほのめかされたお延は、夫の目的に疑いを抱いている。さて津田は、温泉場で清子に出くわすのだが、いったんは驚いた清子が、翌日は津田を招き入れて取り留めなく会話をはじめる。ここで『明暗』は中断している」。(傍線は筆者)

さて、次に小説『明暗』の冒頭部分を引用してみたい。

医者は探りを入れた後で、手術台の上から津田を下《おろ》した。
「やっぱり穴が腸まで続いているんでした。この前探った時は、途中で瘢痕《はんこん》の隆起があったので、つい其所《そこ》が行き留りだとばかり思って、ああいったんですが、今日疎通《そつう》を好くするために、そいつをがりがり掻き落して見ると、まだ奥があるんです」

「そうしてそれが腸まで続いているんですか」

「そうです。五分《ごぶ》位だと思っていたのが約一寸ほどあるんです」…

「腸まで続いているとすると、癒《なお》りっこないんですか」

「そんな事はありません。…ただ今までのように穴の掃除ばかりしていては駄目なんです。それじゃ何時《いつ》まで経《た》っても肉の上《あが》りこはないから、今度は治療法を変えて根本的の手術を一思《ひとおも》いに遣《や》るより外に仕方がありませんね」

「根本的の治癒というと」

「切開です。切開して穴と腸と一所にしてしまうんです。すると天然自然割《さ》かれた面の両側が癒着して来ますから、まあ本式に癒るようになるんです」（傍線は筆者）

痔の病状を診てもらっているのが、本作主人公の津田である。病気が、治るのかを心配するのに対して、医者は、切開手術をして「根本的の治療」さえすれば完治するというわけで、この冒頭部分が、『明暗』のテーマを言いきっているのだとする説がある。そのように唐木順三が読み解いたものを中心に、ひとまず依拠してみたい。以下、唐木の「『明暗』論」の抄録である。一九五二年に発表され、『筑摩版全集　別巻』に収録されている。古いものだから、現在の「漱石学」では、研究史の古典に位置づけられる。引用した『明暗』の冒頭を丁寧に読み解いている。必要部分だけ引用する。

「この『明暗』の発端…の中に、漱石の意図が象徴的に、しかもまた作中の人物の当座の言動に即して示されていることが解るだろう。…最初の一行の最初の言葉として出てくる〈医者〉には千鈞の重みがある。医者は作者自身である。津田という『明暗』の主人公は、作者の手術台の上にのせられている。〈手術台の上から津田を下《おろ》した〉であって、〈津田は手術台の上から降りた〉のではない。津田は初診ではない。既にかつてこの医者に診て貰っている。…津田の再診の結果は、津田の内部に残っている病根をみつけだした。…津田の病気は悪質な結核性ではない、根本的な手術さえすれば治療可能である。穴の奥のかくれたところを、少々痛い思いをしても切り開きさえすればよい。それが医者の、また作者の診断である。…暗を経ての明である。暗→明である。暗の中に患者の津田がいる。津田は暗→明、病気→治癒という経路をとらねばならない。しかし病気が解っている医者からみれば、明へ出ることに疑いはない。かくして『明暗』一編は津田の精神更生記であることが、その第一節において約束された」（傍線は筆者）

『明暗』の、たぶん正統的な理解の一つであり、論自体は、みごとに整序的解釈である。読み手が、「津田の精神更生記」として読み切るならば、『明暗』ばかりか、終末期にさしかかった漱石の人生と文学をトータルに見渡すことさえできそうである。天にまっすぐ伸びる解脱的文学として終結をとげる方向が示唆されていることにもなる。漱石の「日記及断片」（『全集』第一三巻）を見ると、『明暗』の第一回が朝日新聞に連載されはじめた一九一六年五月下旬には日記帳に「倫理的にして始めて芸術的なり。真に芸術的なるものは必ず倫理的なり」と記していたりして、唐木順三が読み取ったのと同一方向への志向が感じられる。さらに八月五日の、弟子和辻哲郎への手紙には「この夏は大変凌ぎいいようで毎日小説を書くのも苦痛がない位です。僕は庭の芭蕉の傍に畳み椅子を置いてその上に寐ていいます。好い心持ちです。身体の具合か小説を書くのも骨が折れません。かえって愉快を感ずる事があります」（岩波文庫）と、どこかで無理をしているのかもとの疑念なきにしもあらずだが、漱石は意気軒昂である。

八月には、若い芥川龍之介と久米正雄に有名な励ましの長い手紙三本を遺している。

牛になる事はどうしても必要です。われわれはとかく馬になりたがるが、牛にはなかなかなり切れないです。…あせっては不可《いけま》せん。頭を悪くしては不可《いけま》せん。根気ずくでお出《い》でなさい。世の中は根気の前に頭を下げる事を知っていますが、火花の前には一瞬の記憶しか与えてくれません。

（『漱石書簡集』）

漱石自身に言い聞かせている側面もありそうだが、将来を期待される若い才能への温かい配慮は、さすがである。また、「則天去私」という漱石最晩年の心境、すなわち「小さな私《わたくし》を去って自然にゆだねて生きること」の大事さを、木曜会に出席していた芥川たちのいる前で語ったのもこの秋である。夏が涼しく、しのぎやすかったのもよかった。衰弱していくなかでも、漱石の筆力は躍動しているのが感じられる。だが漱石の死の半年前の心境が、見てきたような溌剌としたものであったのかは疑問である。明鏡止水のごとき清浄なものに向かっていたといえるのか。人間たちが繰り広げる壮絶な自我の戦いを描いている『明暗』の行き着く先が「津田の精神更生」というような調和的な方向であったのか。そのあたりは計りがたいと言うべきだろう。

『明暗』の掲載がはじまってからの漱石は、体調が次第に下降し、ついにガタガタになってしまう。胃潰瘍であるが、糖尿病でもある。松山中学の教え子である主治医の真鍋嘉一郎へ頻繁に尿を届けて糖の検査をしてもらっているが、糖が検出されることが多い。食事も食パンという当時はまだめずらしかったものもあるが、ともかく体力、体調ともに次第に下降していく。『漱石研究年表』は丹念にそのあたりを調べあげており、漱石が体力的に衰えていくのがよくわかる。

ところがである。漱石が体調不良の進行するなかで毎日書き続けている『明暗』そのものは、セミ上流階層の夫婦を中心に、うわべは何事もなく、しかし内側には心の修羅があるのが、これでもかと思われるほど烈しくえぐられていく。普通の人間の内部にやどるエゴイズムが、細大漏らさず表現されていき、読む者を圧倒する。作家としてピークにいま確実に漱石はいる、ということが実感できる。はたして唐木順三の推量した整合的な筋道の方向に収束されていくのか、これで「津田の精神更生記」になるのか、まったく予断を許さないかたちで、小説が中断するまで続く。最後の力を絞って書き続けていく漱石は、いったいどこへ行こうとしていたのだろう。

さて、『明暗』は、かならずしも津田を中心に進展していくのではない。むしろ、妻のお延をはじめ、津田とお延をめぐる親戚、友人達の、あるいは上流層の有象無象の心の奥底がこんなにもと思えるほど活写される。そのみごとさに息を呑む。インテリゲンチャや普通の生活者の内面が文字通り、よくも悪くもえぐり出され、摘出されていく。

特に目立つのは生きいきした女性描写である。まず、ヒロインお延が登場するところを見ておこう。

●強い女性

次は、津田が病院から帰宅し、細君であるお延がはじめて出て来る「三」の冒頭部分である。

角を曲って細い小路へ這入《はい》った時、津田はわが門前に立っている細君の姿を認めた。その細君はこっちを見ていた。しかし津田の影が曲り角から出るや否や、すぐ正面の方へ向き直った。そうして白い繊《ほそ》い手を額の所へ翳《かざ》すようにあてがって何か見上げる風をした。彼女は津田が自分のすぐ傍へ寄って来るまでその態度を改めなかった。「おい何を見ているんだ」。細君は津田の声をきくとさも驚ろいたように急にこっちを振り向いた。「ああ吃驚《びっくり》した。御帰《おかえ》り遊ばせ」。同時に細君は自分の有《も》っているあらゆる眼の輝きを集めて一度に夫の上に注《そそ》ぎ掛《か》けた。

もう、これだけでヒロインお延のほぼすべての本質がまさに、みごとに表現されている。夫の帰ってきたのを確認してから、故意に横を向き、夫に先に声を掛けさせ、大仰《おおぎょう》に驚いた返事をする。言葉を探していえば、気位が高い、わざとらしい、気が強い、意地っ張り、内向的ではない、男の気をひくような、男まさりの——、これらを合わせて一言にすれば「我の強い」女性ということになるだろう。このようにお延を決めつけるのは、お延のこれ以後の言行や性格を知ってのうえでの判断でもある。このようにお延の人間像を表現するのは、お延を否定的形象ととらえて、それでよしとしたいのではない。そもそも漱石には、お延を気の強い悪女にする意図はないはずである。さらにお延には、以後、夫・津田の後ろなり裏に、しっかりとではないが、「女」の影があるように思えて、「猜疑」や「嫉妬」の気持ちが芽ばえてくる。「孤独」ともつながる。夫の影の部分を追い掛けて、身も心もせわしなく動きまわることになり、『明暗』の世界は、限られた狭い場ながら、登場人物たちの心が躍動する。そのもっとも具体的なあらわれが、お延をもふくめての女性たちの自我の爆発である。彼女たちはエゴとその強さをふんだんにばらまきながら、作中を突っ走る。

「三九」から「一五三」までは津田の手術とその後の入院中の病院が舞台の中心となる。物語の第五日目から第一二日目までのちょうど一週間で、実に一一五回分である。

全編が、自我と自我のぶつかりあい。それぞれがみずからの主体をかけてがっぷりと相手と対峙する。どこをとっても、エゴまるだしの、腹の探り合いや、対決になる。『明暗』は、この自我のぶつかりあいを、読み手がどこまで受けとめられるかで評価も決まる。次は、「一〇一」。津田が必要とする入院費を持参して、すでに資産家に嫁いでいる妹のお秀が見舞いにやってくる。

そこで兄と妹は口論となる。編中、もっとも高揚する一節と言ってよかろう。

「兄さん、妹は兄の人格に対して口を出す権利がないものでしょうか」……

「何を生意気な事をいうんだ。黙っていろ、何にも解りもしないくせに。……お前に人格という言葉の意味が解るか。高《たか》が女学校を卒業した位で、そんな言葉を己《おれ》の前で人並みに使うのからして不都合だ」

「私は言葉に重きを置いていやしません。事実を問題にしているのです」

「事実とは何だ。己の頭の中にある事実が、お前のような教養に乏しい女に捕《つか》まえられると思うのか。馬鹿め」

「そう私を軽蔑なさるなら、御注意までに申します。しかしよござんすか」

「いいとも悪いも答える必要はない。人の病気の所へ来て何だ、その態度は。それでも妹だというつもりか」

「あなたが兄さんらしくないからです」

「黙れ」

「黙りません。いうだけの事はいいます。兄さんは嫂《ねえ》さんに自由にされています。お父さんや、お母さんや、私などよりも嫂《ねえ》さんを大事にしています」

「妹より妻《さい》を大事にするのはどこの国へ行ったって当り前だ」

「それだけならいいんです。しかし兄さんのはそれだけじゃないんです。嫂さんを大事にしていながら、まだ外にも大事にしている人があるんです」

「何だ」

「それだから兄さんは嫂さんを怖がるのです。しかもその怖がるのは」

お秀がこういいかけた時、病室の襖《ふすま》がすうと開いた。そうして蒼白《あおじろ》い顔をしたお延の姿が突然二人の前に現われた。

エゴとエゴのバトル。どきどきする展開である。はたして、この最後の「襖がすうと」開かれる直前に、お延は、津田が「大事にしている人」である清子のことをどれだけ聞いたのだろう。男一人に女性が二人（お延と清子）という三角の図式がどのようにできあがるのか。ともあれ生身《なまみ》の自分をさらけ出して闘う兄と妹のやりとりが、虚飾を剥ぎ取って、説明を入れずに描かれている。

さらに、お延も加わっての病室場面の続きが、これでもかとリアルに描かれる。三つのエゴと情念のぶつかり合いは日本文学史の画期であろう。

漱石の有名な『文学論』の、文学（小説）の公式は、〈F＋f〉である。難解なものであり、矮小化しての、理解にもならぬ理解であるが、F＝factは「事実」（「焦点的印象または観念」とも「認識的要素」とも「焦点＝Focus」とも）であり、f＝feelingは「情緒」である。小説は人物の事実や認識（F

にあたるもの）に、いかに情緒や情感、そして情念（ｆとされるもの）を付加できるか、Ｆとｆがいかにかみあうかにかかっているという程度に把握しておきたい（岩波文庫『文学論』解説など）。

●「三項結合」を求めて

『明暗』こそ、漱石小説中、もっとも「情緒、情感、情念」が鮮やかに描き込まれているものである。それも女性に集中的にであり、彼女たちの存在感は圧倒的である。そういう意味では『明暗』は漱石文学の到達点である。

重要な一つは、妹お秀が、堂々と兄の津田と闘うことである。帝大出身の津田が「高《たか》が女学校を卒業した位で」「教養に乏しい女」と本音を出して妹と対峙する。こんな本音は津田が虚栄に満ちた俗物であることがそのまま出たわけで、もはや勝負あり。「帝大出身」の負けである。漱石は、『明暗』以前、真正面から男のエゴと真に闘える女性を描いてはいない。『草枕』の那美さんや、『虞美人草』の藤尾が思い浮かばないわけではない。あるいは『彼岸過迄』の「恐れない女」の千代子も念頭にはある。だが大事なのは、『明暗』の漱石には、「女だてらに」という意識が、もはやないということである。『道草』の御住はかなりがんばっている。津田は漱石ではない。男も女も作者漱石とは等距離で、エゴ丸出しのまま後先《あとさき》を忘れて相手と必死に論戦している。

『明暗』の女性群、お延もお秀も、そして吉川夫人も、津田をはるかに超えて生きいきしている。

るのは、そのように、人間を性別にかかわりなくまるごと同等にみることができるようなところに漱石が達しているからである。

『明暗』では、下女の「お時」までがみずからの判断で自分の仕事をまっとうしている。お時はお延が結婚する前から仕えているから家の事情はわかってはいるのだが、お延とえんえんと話をする。「八〇」などはお延とお時の会話から成り立っている。たとえ上下の人間関係はあるにしても、お時の相対的自立性は高い。『彼岸過迄』でも下女や小間使いへの漱石の優しい目があるのはすでに述べたが、『明暗』の下女お時は、電話で済ませるようにお延に命じられた用件を、自分の判断で「電車で病院まで行って参りました」（「八七」）と報告するまでになっている。四銭だったと思われる市電に乗るカネをもっていたのであり、その判断をお時はとっさにした。それを聞いてお延は「少し腹立たしい顔をし」たものの、むろんお時の判断を追認する。これまでの漱石は、下女をこんな形で登場させなかった（『彼岸過迄』は大きな例外になるが、少し時限が違う）。主体性をもった「下女」を描いたことがなかった。大事なのは、そのようにして、これまで員数外に見ていた女性を自覚的に描くところに漱石の意識が変化してきていることである。漱石小説における「下女」は、ジェンダー論的立場で考察を必要とする分野であり、たぶん未開拓部分が多いだろう。

食い詰めて「満州」あたりへ「都落ち」していかねばならない小林が、津田をたじたじとさせる論理や悪罵を、漱石が堂々と言わせていることもつけ加えたい。ここでも小林は津田と対等である。また小林を見くだそうと必死に意地をはるお延を、小林と同じ地平の人間であると漱石は見ている。小林もまた『明暗』を彩るみごとに個性的形象であるが、それら多彩な人物を物語展開のなかでのびのびと動かしていく漱石は、『明暗』以前の人間描写とはっきり一線を画する成熟を遂げている。これが近代の文学者が描く近代の人間ということであろう。スタンダール、バルザック、フローベル、ゾラ、ディケンズ、メルヴィル、ドストエフスキー、トルストイなど一九世紀の本格的リアリズム文学を打ち立てた水準に、漱石は限りなく近づいた、あるいは達した。漱石がみずから文学における「外発性」を克服しようとしたときに、外国の近代文学に対峙するものが成立したといってもよかろう。漱石は『明暗』にきて、そういう地点に立ち得たのである。

だが、まさにそのとき、生身の人間としての漱石は息絶えてしまった。よくぞそこまで命を削って人間を見詰め、それを文学として成立させたものだとの驚嘆と畏敬の思いをもつが、苦闘の末に漱石は力つきたのである。残念ではあるが、漱石の命と引き替えに日本文学史は、『明暗』と、そこに躍動する人間群を持つことができた。加藤周一が「『明暗』によって、又『明暗』によってのみ、漱石は不朽であると思う」と言っているのを書き記しておこう（「漱石における〈現実〉——『明暗』について」）。

未完の状態だから、これから出番の多くなってくるはずの清子への漱石の思いは解らない、いや、漱石自身が清子をどう描ききるかは迷いがあったようにも推測できる。小宮豊隆や唐木が言いたい「則天去私」についても、安易な想像は許されない。大江健三郎は岩波文庫版の解説で「終結部まぢかなところで中絶」としているが、だとしたらなおさら、清子が急に「聖女」になり、津田がまたたくまに「更生」することは不可能であろう。漱石も体力的に、これから延々と続けることが無理だとは承知していたろう。もし命があるなら次作の課題である。新聞小説と読者の間の「長編」の量についての黙契もわかっていたに違いない。限りなく長いものであることは許されない。

「終結部まぢか」としつつ、最後に推測することができるのは、不等辺三角形の愛の関係である。お延は、お秀に負けず劣らず、強烈なバイタリティーで津田にも清子にも、さらには小林にもぶつかっていくだろう。エゴ丸出しであろうが、そんなことに関係なく、言いたいことを言い、したいことをして、自分を守り、津田との愛を回復し、確固たるものにしようとするだろう。不等辺の三角形を、「二項結合」にしていく努力をする。にもかかわらず、人間が人間である所以は、崇高ともいえる愛が、多角形の関係になってしまう実態があることである。いや、逆に不実な二項結合を断ち切って、より真実な二項結合を希求することもあるだろう。不実とか真実とかが不変でないことも事実だろう。今日の不実が明日の誠実となり、その逆もある。不動でなければいつか二等辺三角形を通過しなければならぬ事態も発生するだろう。迂回《うかい》することが、結果としてプラスの意味をもつこともありうる。いずれにしろ愛の問題は、より真実な「二項結合」を求めて右往左往する運動を永遠に迫られることを宿命としている。愛はうつろいやすさと不変とを両方ともに内在させているというべきだろう。

漱石がめざしたものは則天去私的な世界であったかもしれない。だが、そこに到達できないことを彼は知っていたろう。それにいたる修羅の世界を描きつづけることが「小説家夏目漱石」の使命であり宿命であることを自覚していた。

漱石の愛の物語は、永遠に「二項結合」を求めての闘いを続けたに違いない。安易な結論が出るはずがない。その意味では、『明暗』を「未完」にさせたのは、人間の、あるいは日本文学の歴史のトータルな意志そのものであったかもしれない。

漱石夏目金之助。一八六七（慶応三）年二月九日（旧暦・一月五日）、江戸牛込馬場下横町に生まれ、一九一六（大正五）年一二月九日、東京牛込区早稲田南町（現・新宿区）にて永眠。病名、胃潰瘍。四九年一〇か月の生であった。

おわりに――私の漱石

漱石を読み始めてから半世紀を超える。何を最初に読んだか。『虞美人草』はかなり早かった記憶が残る。昨中、宗近君が、藤尾に走った小野さんの裏切りを説諭する。「人間は年に一度位真面目にならなくっちゃならない」「真面目とはね、真剣勝負の意味だよ」と言う。「真面目、真面目」を繰り返す。「真面目」を「まじめ」と読むと知って、賢くなった気がした。戦後一〇年くらいの時に、「真面目」をめざしていた中学生の心に響いたのだろう。宗近君が輝いてみえた。繰り返される「第一義」とか「道義」という言葉も頭にこびりついた。漱石を勧善懲悪の道徳小説として読んだのかもしれない。少しピントはずれの漱石入門である。

漱石を読みながら、「漱石用語」とでもいえる独特の用語が出てくるのもうれしかった。たとえば、用例込みで書き出せば、次のようなものが探し出せる。

＊「単簡《たんかん》」＝簡単――「山嵐がどうだいと聞いた。うんと単簡に返事をしたら山嵐は安心したらしかった」（『坊っちゃん』）

＊「険呑《けんのん》」＝あやういこと――「〈しかし君注意しないと、険呑ですよ〉と赤シャツがいうから」（『坊っちゃん』）

＊「意趣返《いしゅがえ》し」＝恨みをかえすこと。復讐――「ははぁさっきの意趣返しに生徒があばれるのだなと気がついた」（『坊っちゃん』）

＊「毫《ごう》も」＝いささかも――「自分が今日までの生活は現実世界に毫も接触していない事になる」（『三四郎』）

＊「必竟《ひっきょう》」＝つまり。つまるところ――「すると夏の暑い盛りに明治天皇が崩御になりました。その時私は明治の精神が天皇に始まって天皇に終ったような気がしました。最も強く明治の影響を受けた私どもが、その後に生き残っているのは必竟時勢遅れだという感じが烈《はげ》しく私の胸を打ちました」（『こころ』）。

＊「一般である」＝同様――「彼の行為は、目的もなく家中うろつきまわったと一般であった」（『明暗』）

その他その他、「漱石用語」をインプットしながら、私はボキャブラリーを増やしていった。芥川龍之介は『侏儒の言葉』で「〈振《ふる》っている〉〈高等遊民〉〈露悪家〉〈月並み〉等の言葉の文壇に行われるようになったのは夏目先生から始まっている」と書いているが、漱石はみずからの造語も含めてボキャブラリーの宝庫である。語彙についてまわる言葉の情感も我がものとしていった。文学少年になっていく私を育ててくれた。言葉が豊かすぎて理解できず、しばしば立ち往生したが、漱石は私の言葉の師でもあった。

漱石を何度も読むようになっていった。『こころ』と『坊っちゃん』が最多だろう。『三四郎』『それから』『門』も好きだった。『明暗』のすごさに気づいたのは不惑を過ぎてからである。映画分野での小津安二郎と似て、漱石は、年を重ねると読解が変わってきて、その滋味や壮絶さがわかってくる。

大学四年時、教員免許取得のために「教育実習」を母校でしたが、国語担当の恩師が、自由にやればと、授業案の提出を求めなかった。三時間くらいかけて「わが漱石論」を高校生に向かって説いた。いくつのクラスを受け持ったのだったか。内容は「三角関係恋愛小説解説」と「漱石の生涯」だった。『それから』における代助の三千代への告白部分は、台詞を暗記し、男女のやりとりを高校生の前で語ったと思う。「仕様がない。覚悟を決めましょう」と三千代が代助の愛を受け入れたあとの、代助のブリス＝幸福感には私自身が酔った。庭に白百合の花弁を撒き散らし、月の光を浴びて代助がかがみ込むところなどは身ぶりも入れて語った。代助同様、私もナルシシストであったようだ。私とあまりトシの違わない後輩の高校生はあっけにとられていたに違いない。野次も抗議もないので、私は、ここから始まる代助の闘いと、宗助の挫折と小さな幸福の獲得について語り続けたはずである。『こころ』についても自己流の解説をしたに違いない。

以来、漱石はいつも私の傍にいてくれた。私の趣味を兼ねた仕事は、大勢としては映画史研究とその著述に傾いていったが、高校の国語教員三四年、大学での一七年間で、どれだけ漱石を私は語っただろう。高校の授業で、いま漱石に多くの時間をかけるのは不可能らしいが、当時、「私の漱石」を語ることはまだ出来たし、それが生き甲斐でもあった。岩波文庫☆《ほし》一つの『坊っちゃん』を五〇冊自費購入して、授業で朗読をするようになったのはいつ頃からだろう。手もとに残っている一〇〇円の『坊っちゃん』発行日が一九七八年とある。そのあたりから、毎年ではないが、『坊っちゃん』を生徒に配り、毎時間一章ずつ読んで全一一章を完読するようになった。それを高校生は支持してくれたようで、力づけられた経験がなつかしい。

しかし「私の漱石」を語り、『坊っちゃん』を授業に採り入れたりすることは出来たが、本格的に研究して「漱石論」を執筆する自信や勇気はなかった。

今回、ほとんど無謀にも、漱石論を一冊に書きあげるそもそもの契機になったのは、大岡昇平『小説家夏目漱石』に感銘を受けたからである。大岡著を読むことで、蛮勇をふるって漱石論を書く決心をした。非持続的ではあれ、数十年も考えてきた漱石について、いま遺さないと、その機会はもうありえないと独り合点した。

一九八八年公刊のものを二〇年以上もたってはじめて読んだとは、なんとも間の抜けた話だが、大岡の漱石論の白眉ともいえる「ユリの美学」だけは一九八〇年には読んでいた。それより以前に比較的熱心に追いかけたのは江藤淳で、その頃には、漱石論に私が入門した小宮豊隆はすでに卒業したつもりでいた。むろん今でも小宮の著作を金科玉条として読んだ半世紀も前の気分と記憶は残るが、大岡の『小説家夏目漱石』を読んで目から鱗が落ちた。大岡の鷗外への厳しい批判にも圧倒されたが、漱石についても、実作者の率直な判断で、自由闊達、明晰な分析があって、自在に論じられているのを知って、大きく気持ちを弾ませた。これだと思った。大岡は言う。

「現在、漱石の生活と作品との関係を論じたものは無数といっていいくらいあって、ああでもないこうでもない、と言っています。そして漱石という人間をわけのわからないものに仕立てあげています。これは健全でないので、いい加減にすべきだと思います」

漱石学者ではない大岡は、微に入り細をうがつ研究者的視野から自由であり、みずからの立ち位置を堅持しつつ、いかなる権威からも自由に漱石と向かい合っている。私は大岡の漱石論に夢中になり、それは私の漱石への再挑戦をうながす力になった。

漱石の「不等辺三角形の愛」という、かなり以前から念頭にこびりついていた自説を書き残しておきたいとの思いもあった。漱石愛好家は、自分の身丈に合ったかたちで、自由に漱石を読み、それを論じたらよいのだと思えてきた。漱石の三角図表（P117）とメモ（P118）に接したことも私の背中を押してくれた。この図表自体は粗っぽいが、その近くに「極端ノ恋愛文学ハ一種ノ遊戯文学デアル。…故ニ読者ハ何トナク不満ナノデアル。ダカラ此遊戯的ナ量ヲ減ジテ実際ノ生活問題ニ触レタ者ヲ加味スレバ恋愛モ大ニ真面目ナモノニナル。而シテ読者ガ首肯スル事受合ナリ」(『全集』第一三巻「断片」)と書き残している。これはささやかながらもリアリズム文学宣言であり、戯作的なものとの決別でもある。おもしろおかしく三角関係をもてあそぼうとしているのではない。ますます私の気持ちはかたまった。

大岡昇平には許されても、私には通用しないこと等を承知の上で、私は、漱石没後一〇〇年、生誕一五〇年の漱石ブームとか言われているのに便乗もしようと思った。三角の愛とともに、「漱石小説の道案内」「戦争直後世代の漱石理解の一例」「漱石は一〇〇年前に、いかに時代と社会に向きあったか」「二一世紀における漱石の意味とは何か」等々を念頭におきながら、漱石愛読者に一石を投じたいというのがめざしたところである。だいたい各章の後半部分で、私の問題意識を細々と述べるというかたちにもなっている。

昨年上梓した『伊丹万作とその系譜―異才たちの日本映画史』の執筆時、伊丹の心の師である志賀直哉を読み直し、感銘を受けた。志賀をさかのぼると漱石にいたる。志賀の再読は刺激になった。

本書を著す動機のもう一つ。気の置けない友人たちが集う「燦々会《さんさんかい》」というのがあり、それはコーラス・グループとしての活動が中心であるが、句会仲間であり、近代文学を勉強する会にも変貌する。時には食べて飲んでの談論風発。そこで、小説って、文学って、あるいはその作者たちの生き方って、と意見が吐露される。漱石も俎の上にのった。人間を知るという点で、あるいは生きていくうえで、先が見えず移り気な現代にも、一〇〇年前の文学が果たす役割は立派にあると感じるようになった。そこからも私の見果てぬ夢であった「漱石を書く」がわき起こってきて、無我夢中で、少し埃のたまった漱石全集を読み直し、同時にメモをとりはじめた。昔の我が「漱石研究ノート」もひっぱりだした。買い求めた二〇世紀刊行の漱石研究書が大きな段ボールに眠っていた。私はいつか漱石論を書き始めていたのである。

私のたったひとりの文学研究の師は、紅野敏郎教授であるが、不肖の教え子ながら「映画の勉強だっていいのだよ」と何十年も声をかけていただいた。泉下の先生にお叱りを受けることができないのが無念である。

二〇一六年九月二六日

吉村英夫

参考文献

『漱石全集』（全一七巻）岩波書店　一九六五年〜六七年（第一六巻のみ一九七六年）
岩波文庫「漱石作品集」二八冊　岩波書店
大岡昇平『小説家夏目漱石』筑摩書房　一九八八年
荒正人編『漱石研究年表』集英社　一九八四年版
村岡勇編『漱石資料―文学論ノート』岩波書店　一九七六年
篠田浩一郎「〈文学論〉現代にも通じる漱石の文明批評」『夏目漱石を読む』メタローグ　一九九四年
奥泉光『夏目漱石、読んじゃえば？』河出書房新社　二〇一五年
柄谷行人「文学について（漱石試論）」『新文芸読本・夏目漱石』（河出書房新社　一九九〇年）
島田雅彦『漱石を書く』岩波新書　一九九三年
小宮豊隆『夏目漱石』岩波文庫　一九八七年
伊豆利彦『夏目漱石』新日本新書　一九九〇年
瀬沼茂樹『夏目漱石』東京大学出版会　一九七〇年
片岡良一『夏目漱石の作品』厚文堂　一九六六年
越智治雄『漱石私論』角川書店　一九七一年
正宗白鳥「夏目漱石論」中央公論　一九二八年六月号（後掲、有精堂出版）
山室静「漱石の『それから』と『門』」近代文学　一九五四年五月号（同右、有精堂出版）
半田利昭『わたしの漱石』勁草書房　一九九〇年
佐藤泉『漱石片付かない〈近代〉』ＮＨＫ出版　二〇〇二年
平岡敏夫『漱石序説』塙書房　一九七六年

樋谷秀昭『夏目漱石論』河出書房新社　一九七二年
小森陽一・石原千秋編集『漱石研究』第六号、第七号ほか　翰林書房　一九九三年〜
小森陽一『夏目漱石をよむ』岩波ブックレット　一九九三年
小森陽一『漱石を読みなおす』ちくま新書　一九九五年
石原千秋『漱石と三人の読者』講談社現代新書　二〇〇四年
江藤淳『決定版　夏目漱石』新潮文庫　一九七九年
江藤淳『漱石とその時代』新潮社　一九七〇年〜一九九九年
坪内稔典『俳人漱石』岩波新書　二〇〇三年
森田草平『夏目漱石』筑摩叢書　一九六七年
平田次三郎『夏目漱石』中央大学出版部　一九六九年
小坂晋『漱石の愛と文学』講談社　一九七四年
新開公子『「漱石の美術愛」推理ノート』平凡社　一九九八年
佐渡谷重信『漱石と世紀末芸術』美術公論社　一九八二年
加藤周一『加藤周一著作集6』平凡社　一九七八年
伊藤整『日本文壇史』講談社学芸文庫8　一九九六年
小谷野敦『夏目漱石を江戸から読む』中公新書　一九九五年
三好行雄『鷗外と漱石―明治のエートス』力富書房　一九八三年
夏目鏡子『漱石の思い出』角川文庫　一九六一年
半藤一利編『夏目漱石　青春の旅』文春文庫　一九九四年
関川夏央、谷川ジロー「『坊っちゃん』の時代　シリーズ全五巻」一九八七〜一九九七年　双葉社
江藤淳編『朝日小事典　夏目漱石』朝日新聞社　一九七七年

『夏目漱石全集別巻』筑摩書房　一九七三年
『夏目漱石全集別巻　漱石文学案内』角川書店　一九七五年
『文学論』（夏目漱石）亀井俊介　岩波文庫版注解　二〇〇七年
『夏目漱石Ｉ　日本文学研究資料叢書』有精堂出版　一九七〇年
『一〇〇年目に出会う　夏目漱石』神奈川近代文学館　二〇一六年
「解釈と鑑賞」至文堂　一九七八年一一月号ほか
「国文學」學燈社　一九七九年五月号、一九九四年一月号ほか。…その他

漱石文引用について。主に岩波文庫版、さらに一九六五年から刊行の岩波版全一七巻全集を中心としながら、筆者の判断で表記を変えた。ルビについても筆者流がある。引用文中の省略は、長短にかかわらず「…」を使った。

夏目漱石略年譜　（傍線をつけてあるのは本書の中心的叙述の作品）

一八六七年（慶応三年）0歳　二月九日（旧暦一月五日）江戸牛込に生まれる。
九三年（明治二六年）26歳　帝国大学英文学科卒業
九四年（　二七年）27歳　日清戦争　鎌倉円覚寺に参禅
九五年（　二八年）28歳　愛媛県松山中学校に英語教師として赴任
九六年（　二九年）29歳　熊本県第五高等学校　教授　鏡子と結婚
一九〇〇年（　三三年）33歳　英国留学
〇三年（　三六年）36歳　帰国　帝大・一高講師
〇四年（　三七年）37歳　日露戦争
〇五年（　三八年）38歳　『吾輩は猫である』
〇六年（　三九年）39歳　『坊っちゃん』『草枕』
〇七年（　四〇年）40歳　朝日新聞入社。『虞美人草』
〇八年（　四一年）41歳　『坑夫』『三四郎』
〇九年（　四二年）42歳　『それから』
一〇年（　四三年）43歳　『門』。修善寺で大吐血。「大逆」事件
一一年（　四四年）44歳　『現代日本の開化』（和歌山での講演）
一二年（明治四五年・大正元年）45歳　『彼岸過迄』
一三年（大正二年）46歳　『行人』

一四年（　三年）47歳　『こころ』
一五年（　四年）48歳　『道草』
一六年（　五年）49歳　『明暗』　一二月九日　死去

著者略歴

吉村英夫

（よしむら・ひでお） 1940年三重県生まれ。早稲田大学教育学部国語国文科卒業　三重県にて高校国語教員　三重大学非常勤講師　愛知淑徳大学教授　日本文学協会会員　映画評論家　著述業

主な著書

『ローマの休日』（朝日新聞社）、『完全版「男はつらいよ」の世界』（集英社文庫）、『一行詩父よ母よ』（学陽書房）、『わくわく近代文学八話』（高校出版）、『山田洋次×藤沢周平』『山田洋次と寅さんの世界』『伊丹万作とその系譜』（大月書店）

カバーデザイン　如月舎

DTP　編集工房一生社

愛の不等辺三角形　漱石小説論

2016年11月10日　第1刷発行

定価はカバーに表示してあります

◉著者——吉村英夫

◉発行者——中川　進

◉発行所——株式会社　大月書店

〒113-0033　東京都文京区本郷2-11-9

電話（代表）03-3813-4651

振替 00130-7-16387・FAX03-3813-4656

http://www.otsukishoten.co.jp/

◉印刷・製本——プラス・ワン

ISBN 978-4-272-61234-5 C0095　Printed in Japan